do
LAOISE

Clár na gCaibidlí

Caibidil a hAon

Tús nua

Tá Paloma ag foghlaim faoin nádúr óna cara,
An Máistir

"An bhfeiceann tú é?"

"Ní fheicim."

"An bhfeiceann tú anois é?"

"Ní fheicim."

"Nach bhfeiceann tú go fóill é? Tá sé thuas ar dheis."

"Feicim. Ó. Feicim anois é. Thuas ar dheis. Sea. Feicim anois é. Tá sé go hálainn. Níor smaoinigh mé go mbeadh sé chomh hálainn sin."

"Ní fhaca tú falcún* riamh roimhe?' a d'fhiafraigh an Máistir Séamus Mac Dónaill de Phaloma Pettigrew, garda. Ach bhí Paloma róthógtha* leis an radharc a bhí roimpi. Níor thug sí freagra air. Bhí a súile sáite san éan a bhí ag guairdeall* os a cionn. Ní raibh deifir ar bith ar an éan. D'fhan sé ar snámh san aer. Bhí sé ar a shuaimhneas sna spéartha. Falcún. Bhí an t-ainm féin mistéireach. Falcún. Chuir sé an Spáinn nó an Afraic Thuaidh i gcuimhe di. Bhí pictiúir d'fhalcún feicthe aici roimhe seo, ach

---

* falcún — *falcon*
* róthógtha leis — *taken up with completely*
* ag guairdeall — *hovering*

níorbh ionann pictiúr agus an t-éan beo os a cionn. D'fhan Paloma ag amharc ar an éan tríd na déshúiligh*. Bhí sí faoi dhraíocht.

D'amharc a compánach uirthi. Ba mhúinteoir scoile é Séamus Mac Dónaill lá den saol ach d'éirigh sé as an teagasc nuair a druideadh an scoil áitiúil. Mar sin féin, lean ainm a cheirde leis. "An Máistir" a thug gach duine de bhunadh na háite air.

Bhí sé i mbun teagaisc go fóill – go páirt-aimseartha. Ach ní raibh sé tógtha le teagasc foirmiúil* a thuilleadh. Ba é an teagasc neamhfhoirmiúil a thaitin leis anois. Agus ba é an teagasc neamhfhoirmiúil a bhí ar siúl aige faoi láthair. Bhí an Máistir ag cur Paloma ar an eolas faoi chúrsaí na tuaithe.

Bhí sé ar tí ceist eile a chur ar Phaloma ach níor chuir. Bhí sí ag stánadh ar an fhalcún go fóill. Bhí a súile sáite sa radharc go huile agus go hiomlán. D'amharc sé uirthi le gean arís. Ba chairde iad anois. Ba dhlúthchairde iad. Ba chairde iad a sheas le chéile in am an ghátair*.

Bhí cuimhne go fóill ag an Mháistir ar an chéad uair a tháinig Paloma go dtí a theach. Bhí sí ar lorg cuidithe. D'fhuadaigh* coirpeach cogaidh* as an Bhoisnia cara eile dá chuid, Marika Kovac* Thug an Máistir cuidiú do Phaloma faoi chroí mór maith. Chuaigh Paloma sa tóir ar an choirpeach gan lá eagla uirthi.

---

* déshúiligh — *binoculars*
* foirmiúil — *formal*
* am an ghátair — *time of need*

* d'fhuadaigh sé — *he kidnapped*
* coirpeach cogaidh — *war criminal*
* Féach "Paloma" le Pól Ó Muirí

Ghabh sí é agus rinne sí tarrtháil* ar Mharika. Bhí cuimhne go fóill ag an Mháistir ar an chuma dháigh* a bhí ar Phaloma agus í i mbun oibre. Bhí jab le déanamh aici – agus dhéanfadh sí é.

Cé mhéad mí ó shin a tharla sé sin? a d'fhiafraigh an Máistir de féin. Trí mhí? Trí mhí go leith b'fhéidir. Ba dhoiligh cuntas a choinneáil ar na laethanta. Ó d'éirigh sé as an teagasc ní raibh aird aige ar an fhéilire* níos mó. Bhí sé saor ón seomra ranga agus ó smacht na scoile. Chaith sé gach lá mar a ba mhian leis féin é. Ní hé nach raibh obair le déanamh aige. Bhí, leoga. Léadh sé leabhair agus thugadh sé aire dá gharpháistí.

Ach ba é an spaisteoireacht* an rud is mó a thaitin leis. D'fhan sé go foighdeach go dtí go raibh an geimhreadh thart agus gur tháinig an t-earrach. Thug sé na hathruithe faoi deara – d'éiríodh an ghrian níos luaithe; bhíodh fás ar na crainn. Ní bhíodh an fhearthainn nó an fuacht chomh holc. Ar laethanta breátha earraigh, tharraingíodh sé a bhróga siúlóide as an chófra, a chóta agus hata as an chófra agus na déshúiligh anuas ón tseilf. B'aoibhinn leis an spaisteoireacht. Pléisiúr simplí a bhí ann. Pléisiúr nár éiligh* ach go mbeifeá íogair* don nádúr, go mbeifeá réidh le hiontais a fheiceáil.

Agus bhí iontais feicthe inniu aige agus é i gcuideachta a chompánaigh, Paloma. Chonaic

---

* rinne sí tarrtháil uirthi — *she rescued her*
* dáigh — *stubborn*
* féilire — *calendar*

* an spaisteoireacht — *walking*
* éilíonn — *demands*
* íogair — *sensitive*

siad sionnach i lár an lae ghil – rud annamh. Bhí conablach* circe ina bhéal aige. Rinne an sionn-ach moill bheag nuair a chonaic sé an bheirt roimhe. D'amharc sé orthu le sotal. "Is liomsa an chearc seo," a thug a shúile le fios. Ansin, de phreab, bhí sé imithe faoi bhun fáil*. D'éalaigh sé gan tásc gan tuairisc.

Chuir an radharc iontas agus gliondar ar Phaloma. "Ní fhaca mé sionnach roimhe," a dúirt sí agus sceitimíní uirthi.

"Nach bhfaca? Nach aisteach sin?" a d'fhreagair an Máistir.

"Bhuel, chonaic – i leabhair – ach ní fhaca mé sionnach ina bheo riamh."

"Tuigim," arsa an Máistir. "Tá siad coitianta go fóill. Is annamh a fheiceann tú sa lá geal iad. Caithfidh go raibh ocras ar an cheann sin."

Agus lean siad leo ag spaisteoireacht. Chuir Paloma iontas ar an Mháistir. Bhí sí an-mhuiníneach* aisti féin mar gharda ach ní raibh eolas aici ar an tuath. Tháinig siad ar bhroc ina luí marbh ar thaobh an bhealaigh mhóir. Bhí an chuma ar an scéal gur bhuail carr é. "Cad é a dhéanfaidh muid leis?" a d'fhiafraigh Paloma. "Ar chóir dúinn sluasaid* a fháil agus é a chur?"

Bhí iontas ar an Mháistir go raibh sí chomh soineanta* sin. "Ní bhfaighidh. Fágfaidh muid faoi na snaganna breaca* agus na préacháin é. Glanfaidh siadsan é – luath nó mall."

* conablach — *remains*
* fál — *hedge*
* muiníneach — *confident*
* sluasaid — *shovel*
* soineanta — *innocent*
* snag breac — *magpie*

Thuig Paloma an dlí ach níor thuig sí dlíthe an nádúir, a dúirt an Máistir leis féin. Mar sin féin, bhí áthas air gur tháinig sí leis ar an tsiúlóid seo. Ba mhaith an chuideachta í. Bhí deis aige cuid dá eolas a roinnt léi, comhrá a dhéanamh léi faoi stair an cheantair. Ba mhór leis* an deis sin; ba mhór leis go raibh duine éigin ag éisteacht leis. Bhí luach aige air sin. Mhothaigh sé in amanna go raibh an saol róghasta. Níor chuir daoine an trioblóid orthu féin stad agus éisteacht. "Cluas le héisteacht" a thugadh na seandaoine ar an tréith* sin. Ach bhí an tréith caillte beagnach. Ní raibh aon spéis ag daoine cluas le héisteacht a chur orthu féin. Bhí siad róghnóthach ag caint nó ag obair nó ag taisteal. Róghnóthach ar fad.

Ach chuir Paloma cluas le héisteacht uirthi féin. Bhí sí cíocrach chun foghlama. Bhí ceisteanna aici faoi gach uile rud. "Cad é sin?" "Cad é an t-ainm atá ar an phlanda seo?" "Cad é an t-ainm atá ar an bhaile fearainn seo?" Níor stad sí de bheith ag cur ceisteanna. Ach ba chuma leis an Mháistir. Bhí foighne múinteora ann. D'aithin sé an riachtanas a bhí aici le ceisteanna. D'fhreagair sé le pléisiúr iad. Bhí na freagraí aige go fóill agus thug sin sásamh dó.

Bhris Paloma isteach ar a mhachnamh le ceist eile. "An bhfuil mórán falcún thart anseo?"

* ba mhór leis é — *it was important to him*
* an tréith — *quality, trait*

"Níl mórán. Níl siad chomh coitianta agus a bhíodh – ach·tá siad ag filleadh ar an cheantar de réir a chéile. Ba ghnách le roinnt feirmeoirí iad a nimhiú*. Bhí eagla orthu go ngoidfeadh siad uain. Ach níl mórán feirmeoirí fágtha sa taobh seo tíre. Níl airgead le déanamh as an talamh mar a bhíodh," a dúirt an Máistir.

"Ar tháinig athrú mór ar an cheantar le do linn," a d'fhiafraigh Paloma.

"Leoga, tháinig," a dúirt an Máistir agus cumha ina ghlór. "Tá na seandóigheanna imithe a bheag nó a mhór. Tuigim go dtarlaíonn sé sin. Níl duine ar bith againn ag iarraidh bheith beo gan leictreachas nó inneall níocháin nó oigheann micreathoinne*. Déanann siad an saol níos éasca agus tá fáilte agam roimhe sin. Is maith is cuimhin liom saol mo thuismitheoirí – chaith mo mháthair a saol ar fad ag tógáil clainne agus ag timireacht faoin teach. Bhí bosa a lámh mar a bheadh leathar.

"M'athair mar an gcéanna. Chaith sé a shaol ag obair ar fheirm bheag. Obair mhaslach. Tá áthas orm nach raibh orm é sin a dhéanamh. D'éalaigh mé mar gheall ar an mhúinteoireacht agus, anois, tá mo pháistí féin coiscéim chun tosaigh orm. Is daoine le gairm iad. Tá siad ag saothrú airgead mór. Ach níl sé chomh fada siar ó chuaigh daoine a luí san oíche agus ocras orthu cheal bia. Níl sé chomh fada siar ó shiúil

* a nimhiú — *to poison*
* oighean micreathoinne — *microwave oven*

páistí chun na scoile costarnocht. Níl sé chomh fada siar ó bhí na tithe gan teas lárnach. Is maith liom go bhfuil deireadh leis na laethanta sin. Níor mhaith liom ar ais iad. Ach is trua liom nach gcuimhníonn muid ar an mhéid a d'fhulaing daoine eile agus ar an mhéid atá daoine eile ag fulaingt* go fóill. Tá eagla orm go bhfuil muid ag éirí cadránta*,'' a dúirt an Máistir.

Stad sé den chaint. Bhí aiféaltas* air. ''Tá barraíocht ráite agam,'' a dúirt sé.

''Níl,'' a dúirt Paloma. ''Níl go leor ráite agat. Labhair leat.''

Rinne an Máistir gáire. ''A chailín, beidh tú bodhar agam.''

Rinne Paloma gáire. ''B'fhéidir é ach giorraíonn caint bóthar.''

Labhair an Máistir leis agus lean an bheirt ar a dturas; Paloma fiosrach i gcónaí; an Máistir foighdeach i gcónaí; iad beirt ag caint agus ag éisteacht; iad beirt ag foghlaim.

* ag fulaingt — *suffering*   * aiféaltas — *embarrassment*
* cadránta — *hard, unfeeling*

Caibidil a Dó

Nimhiú

Buaileann an feirmeoir, Harry Caldwell, ar dhoras Phaloma go moch ar maidin. Tá ochtó caora dá chuid marbh.

Chlis* Paloma as a codladh. Bhí duine éigin ag bualadh ar an doras. Bhí callán* bocht ann. "Gabh chun an diabhail," a dúirt Paloma os íseal, "níl mé ar diúite inniu." Tharraing sí na bráillíní thart uirthi féin arís. Bhí sí te teolaí agus ní raibh rún aici éirí ar a lá saoire. Chead ag an duine a bhí ag bualadh ar an doras teacht ar ais. Ach lean an bualadh ar aghaidh agus ar aghaidh agus ar aghaidh – gan stad gan staonadh – cnag, cnag, cnag, cnag.

Lig Paloma mionn* mór agus thug spléachadh ar an chlog cois leapa. 6.30 a.m. a bhí lasta ar aghaidh an chloig. 6.30 a.m. A Dhia na Glóire, an oíche a bhí ann go fóill. Lean an duine ag cnagadh ar an doras.

D'éirigh Paloma de phreab agus í ar mire glan. "Gabh chun an diabhail," a dúirt sí arís. Ach níor chuala an duine thíos staighre í. Chuir sí péire bríste géine agus geansaí uirthi agus

---

* chlis — *started*   * mionn — *oath*
* callán — *noise*

chuaigh síos an staighre de choiscéim throm. "Beidh daor ar* an duine seo mura bhfuil seo práinneach," a dúirt sí léi féin go feargach. "Sin ceann de na míbhuntáistí a bhaineann le cónaí a dhéanamh ar shráidbhaile beag – ní bhíonn drogall ar dhaoine forrán* a chur ort."

Tharraing Paloma an doras ar oscailt le fearg. Is ar éigean a bhí solas sa spéir agus bhain fuacht na maidine an anáil di. "An bhfuil a fhios agat cad é an t-am atá sé?" a d'fhiafraigh sí go giorraisc den fhear a bhí roimpi.

"Tá a fhios," a dúirt sé, lán chomh giorraisc léi, "tá sé thar am agat bheith i do shuí agus cuidiú liomsa. Mise a íocann do thuarastal, a gharda."

D'aithin Paloma cé a bhí roimpi láithreach – Harry Caldwell, feirmeoir, crá croí agus pian san aghaidh.

"Cad é atá de dhíth ort ag an am seo den mhaidin? Níl mé ar diúite inniu. Cuir scairt ar mhuintir Áth na hAbhann má tá cuidiú de dhíth ort," a dúirt sí. Ní raibh sí le lá saoire a chur amú ar an bhligeard seo Caldwell. Ba mhinic thuas ar a fheirm í agus gearán déanta ag daoine eile faoina chuid caorach bheith amuigh ar an bhóthar nó istigh ar thalamh nár leis. Ba mhinic a ghearr sí fineáil air as a dhrochthiomáint. Ba chuma leis. Rinne sé a rogha rud*. Chomh fada agus a bhain sé le Harry Caldwell, ba leis amháin an domhan mór

16

agus dhéanfadh sé cibé rud a ba mhian leis.

"Ní chuirfidh mé scairt orthu. Tá tú ar diúite anois. Tá tú de dhíth orm go práinneach. Goitse anois. Tá siad marbh," a dúirt sé go práinneach.

"Cé atá marbh?" a dúirt Paloma. Dúnmharú ar an Bhealach Caol? Ar tharla a leithéid riamh?

"Na caoirigh," a d'fhreagair Caldwell agus é ag léim isteach ina jíp. "Goitse go bhfeice tú."

Scrios orthu mar chaoirigh, a dúirt Paloma léi féin agus í ag fáil eochracha a cairr. Tharraing Caldwell amach as a leaba the theolaí í ar maithe le cúpla caora! Lean sí go drogallach é. "Má bhím gasta faoi seo, thiocfadh liom bheith ar ais i mo leaba faoi leath i ndiaidh a seacht," a smaoinigh sí.

Diabhal caoirigh. Bíodh geall gur leag leoraí iad. Bhuel, nach cuma? Dúirt sí leis go minic na caoirigh a choinneáil de na bóithre. Ach ar éist sé léi? Níor éist. Leoga, níor éist. Agus seo anois é ag caoineadh uisce a chinn faoi chúpla caora. Bíodh aige. D'amharc sí ar jíp Caldwell. Bhí sé ag tiomáint róghasta. "Cuirfidh mise múineadh ortsa go fóill," a dúirt Paloma léi féin. "Amárach. Nuair a bheidh mé ar diúite."

Stad jíp Caldwell. Bhí éirí na gréine ann ar éigean*. Shíl Paloma go raibh sneachta ina luí ar an talamh. Ar thit sneachta le linn na hoíche? Bhí sé mall sa bhliain do shneachta. Chuimil Paloma a súile. Ní sneachta a bhí ann ar chor ar

* goitse – *tar anseo*
* ar éigean — *scarcely*

bith ach caoirigh. Bhí siad ina luí ar an talamh. Bhí an chuma orthu go raibh siad ina gcodladh ach bhí cuma aisteach orthu fosta. Ní raibh siad ag bogadh ar chor ar bith. D'éirigh sí amach as an charr agus shiúil sí anonn chuig Caldwell. Bhí sé tríd a chéile go mór. "An bhfeiceann tú? Tá siad uilig marbh. Gach ceann acu," a dúirt sé go caointeach.

"Cé mhéad a chaill tú?" a d'fhiafraigh Paloma agus imní ina glór.

"Tá ochtó marbh – go dtí seo. Tá eagla orm go gcaillfidh mé níos mó. Tá caoirigh eile ag éileamh*," ar seisean.

Bhain an radharc preab as Paloma. Bhí an chuid is mó de na caoirigh marbh agus na cinn a bhí beo bhí droch-chuma amach orthu. Cad é mar a tharla sé seo? An ndearna duine éigin d'aon turas é? Ar tugadh nimh dóibh? Nó cad é an chúis eile a bhí leis an mharú uafásach seo? Ba ghá an scéal a fhiosrú* – agus go tapa.

"Cá huair a tháinig tú orthu?" a dúirt Paloma. Bhí sí ag teacht chuici féin. Bhí fiosrú-chán* le déanamh.

"Tamall gairid ó shin," a dúirt Caldwell. "Tá cuid de na caoirigh le huain. Tháinig mé amach go luath le hamharc orthu. Ní raibh mé ag súil leis seo."

"An bhfaca tú duine ar bith?"

"Ní fhaca. Duine ná deoraí. Ní raibh duine beo thart."

* ag éileamh — *ailing*
* a fhiosrú – *to investigate*
* fiosrúchán — *inquiry*

"Ar chuala tú rud ar bith as an choitiantacht* le linn na hoíche?"

"Níor chuala. Leoga, dá gcluinfinn, thiocfainn amach. Tugaim aire do mo chaoirigh."

"Ní dúirt mé nár thug tú aire dóibh. Níor tharla rud ar bith mar seo riamh?"

"Níor tharla le mo sholas*."

"An bhfuil barúil ar bith agat cad é a thug a mbás?"

"Déarfainn féin gur nimh atá ann. Amharc air seo."

Lean Paloma go lochán é. Bhí an lochán breac le hiasc marbh.

"Ólann na caoirigh as an lochán seo. Chuir duine éigin nimh san uisce. Sin é mo bharúilse."

"Síleann tú gur cuireadh nimh san uisce d'aon turas?"

"Sílim cinnte. Cad é eile ba chúis leis? Tá muid amuigh ar an uaigneas anseo. Ní bhíonn duine ar bith thart anseo. Tháinig duine éigin anseo d'aon turas agus chuir siad nimh sa lochán beag sin," a dúirt Caldwell. Bhí fearg mhór ina ghlór.

"Caithfidh mé fios a chur ar na húdaráis uisce. An ólann muintir an bhaile as an lochán seo?"

"Ní ólann. Tá an lochán seo róbheag don bhaile. Faigheann an baile uisce ó Loch an Ailt, siar ó thuaidh."

* as an choitiantacht — *unusual*
* le mo sholas — *in my lifetime*

"Mar sin féin, má tá duine éigin ag dul thart le nimh, caithfidh muid bheith cúramach faoi na foinsí uisce ar fad. Abair seo liom, an bhfuil cónaí ar dhuine ar bith thuas anseo?"

"Níl. Bhuel, tá. Duine amháin ach ní minic a bhíonn sé abhus."

"Cén duine?"

"An boc sin, de Búrca, an rachmasaí* mór le rá."

Artúr de Búrca. D'aithin Paloma an t-ainm in áit na mbonn. Fear mór gnó a bhí ann, tógálaí agus forbraitheoir*. Ba mhilliúnaí é.

"An mbíonn sé anseo go minic?"

"Ní bhíonn. Tá eastát aige thart anseo. Ní thagann sé go minic ach is maith leis an t-uaigneas. Rinne sé iarracht mo thalamh a cheannach roimhe seo. Ach ní dhíolfainn é. Fear santach* atá ann. Santaíonn sé cuid na comharsan. Níl muinín agam as."

"An leis an talamh seo ar fad?"

"Ní leis. Is leis an Mháistir an talamh seo," a dúirt Caldwell agus é ag síneadh a mhéir i dtreo na sléibhte. "Fuair sé le huacht é*. Bhíodh cónaí ar chuid mhór de mhuintir Mhic Dhónaill anseo lá den saol ach tá siad imithe. Is é an Máistir an duine deireanach díobh," arsa Caldwell.

"Labhróidh mé leis níos moille. Ach, idir an dá linn, ba mhaith liom samplaí uisce a thógáil. Cuirfidh mé suas go Baile Átha Cliath iad le

* an rachmasaí — *wealthy person*
* forbraitheoir — *developer*

* santach — *greedy*
* fuair sé le huacht é — *he inherited it*

haghaidh tástálacha*. Gheobhaidh muid amach ansin cad é a tharla agus ansin gheobhaidh muid amach cé a rinne é agus cad chuige."

Bhí Paloma i mbun oibre arís.

* tástálacha — *tests*

Caibidil a Trí

Scaradh

Cuireann an Máistir Paloma ar an eolas faoin fhear gnó, Artúr de Búrca.

Ní dheachaigh Paloma ar ais a chodladh. Ní bhfuair sí seans. B'éigean di scairt raidió a chur ar na húdaráis faoi nimhiú an uisce. Ansin labhair sí leis an Sáirsint Ó Ceallaigh in Áth na hAbhann. Thug sé comhairle di: "Ná cothaigh scaoll. Sin an rud is tábhachtaí. Ná cothaigh scaoll.* Caith go stuama leis an fhadhb. Má thosaíonn na ráflaí ag dul thart beidh scaoll ann."

"Ach tá fadhb leis an uisce."

"Ní heol duit sin go fóill. Ní heol duit cad é a thug bás na gcaorach go fóill. Déan seic ar an uisce sa lochán – go gasta. Ach ná luaigh an focal "nimh" maith, olc nó dona. Má luann, cuirfidh tú eagla a gcraicinn ar dhaoine. An bhfuil tú cinnte gur nimh a bhí ann?"

"Níl."

"An bhfuil tú cinnte gur cuireadh rud éigin san uisce?"

"Níl."

---

* ná cothaigh scaoll — *don't stir up panic*

"An bhfuil aon chontúirt ann don uisce a ólann an pobal?"

"Deir lucht an taiscumair* nach bhfuil. Tá súil ghéar acu air sin."

"Maith go leor. Ná déan rud ar bith faoi dheifir. Labhair leis na saineolaithe; lig dóibh a gcuid tástálacha a dhéanamh agus déan fiosrúchán go gasta. Má shíleann tú go bhfuil rud ar bith as cosán, labhair liom agus déanfaidh muid rabhadh* poiblí. An bhfuil cuidiú de dhíth ort?"

"Níl cuidiú de dhíth orm go fóill. Má bhíonn, cuirfidh mé scairt ort."

"Ceart go leor."

Chroch Paloma an raidió ina carr. Ná cothaigh scaoll. Amaidí. Bheadh an scéal tríd an bhaile faoin am seo. Ní raibh druid ar bhéal Caldwell agus é ag mairgneach* a cháis agus cás an-aisteach a bhí ann.

Tháinig na saineolaithe* uisce go luath i ndiaidh do Phaloma scairt a chur orthu. Thóg siad samplaí den uisce. Thóg siad samplaí ó na caoirigh fosta. Ní raibh Caldwell sásta leis sin. "An bhfaighidh mé cúiteamh* ar bith?" a d'fhiafraigh sé.

Bhí gach rud déanta ag Paloma faoi mheán lae. Níorbh fhiú dul ar ais chun tí. Bhí an gnó seo róphráinneach. Ba ghá ceisteanna a chur. Bhí a fhios aici cé leis a labhródh sí – leis an Mháistir. Ba leis an talamh. Chuir sin iontas ar

* taiscumair — *reservoir*
* rabhadh — *warning*
* ag mairgneach — *lamenting*
* saineolaithe — *experts*
* cúiteamh — *compensation*

Phaloma. Ceart go leor, luaigh an Máistir roimhe seo gurbh fheirmeoir é a athair. Ní dúirt sé riamh go raibh talamh aige agus é ar léas. Níor mhiste labhairt leis faoin chás. B'fhéidir go mbeadh a fhios aige ar tharla rud ar bith den sórt seo riamh roimhe.

Thiomáin sí an carr go teach an Mháistir agus í faoi smúid*. Bhí a fhios aici nach raibh rud ar bith as cosán déanta aige. Mar sin féin, ghoill sí uirthi ceisteanna oifigiúla ar bith a chur air. Bhí sí ag tarraingt ar an teach nuair a chuaigh *Merc* mór thar bráid. Bhí uimhirphláta Bhaile Átha Cliath air. Bhí sí cinnte nach raibh an carr feicthe aici roimhe seo. Bhí fear liath á thiomáint. "Fear gustalach*," a dúirt Paloma léi féin. Bhí an chuma air go raibh airgead aige. Carr costasach a bhí ann. Ní raibh amhras ar bith ar Phaloma faoi sin.

Stad Paloma os comhair theach an Mháistir. D'éirigh sí amach as an charr, shiúil anonn go dtí an doras agus bhuail cnag. Ba í bean an Mháistir, Maighréad, a d'oscail an doras. "Fáilte romhat, a Phaloma," a dúirt sí agus aoibh* ar a haghaidh. "An bhfuil tú anseo ar cuairt oifigiúil?"

"Faraor, tá. Tá mé buartha faoi bheith ag cur isteach ort arís."

"Ó, ná bíodh imní ar bith ort. Tá fáilte romhat i gcónaí. Tá sé féin sa seomra suí. Gabh isteach agus tabharfaidh mé braon tae isteach ar ball."

25

* faoi smúid — *despondent*   * aoibh ar a haghaidh — *smiling*
* gustalach — *wealthy*

''Go raibh maith agat.''

Bhí seaneolas ag Paloma ar an teach faoi seo. Mhothaigh sí ar a compord san áit i gcónaí. Shiúil sí anonn go dtí an seomra suí agus bhuail cnag ar an doras a bhí leathoscailte. Bhí an Máistir ina shuí sa chathaoir uilleann. Ba é an seomra suí a sheomra speisialta féin. Bhí pict-iúir dá chlann ar na ballaí – iad an-óg ar an bhunscoil; iad in aois daoine fásta ar an ollscoil. Bhí bród ar an Mháistir as a pháistí. Is iomaí sin uair a labhair sé le gean orthu.

Ba léir, mar sin féin, go raibh imní air inniu. Ní raibh aoibh an gháire ar a aghaidh mar a bhíodh go minic. ''Cad é atá ort?'' a d'fhiafraigh Paloma de. Bhí a glór féin lán imní. An raibh rud éigean cearr lena cara?

''Ní tada é,'' a d'fhreagair an Máistir faoi ghruaim.

''Ní tada é. Bhuel, níl an chuma ort nach tada é. An mbaineann sé leis an fhear gustalach a d'fhág an teach ar ball?''

Rinne an Máistir miongháire beag lag. ''Feiceann tú gach rud, a Phaloma.''

''Sin é mo jab; rudaí a fheiceáil.''

''Ní maith dom é a shéanadh*. Sea. Baineann sé leis an fhear gustalach a chonaic tú. Artúr de Búrca is ainm dó. Is fear gnó é.''

Bhain an t-ainm preab as Paloma. De Búrca. Bhí sé abhus – agus níor aithin Paloma é. Bhí

* a shéanadh — *to deny*

fearg uirthi léi féin. Ar ndóigh, shíl sí go raibh aithne shúl aici air. Agus bhí. De Búrca. Agus lig sí dó imeacht. "Damnú," a dúirt sí os íseal, "ní fheicim gach rud."

"Cad é a thug de Búrca an bealach seo?" a d'fhiafraigh sí os ard.

"Cad é a thugann fear gnó bealach ar bith – airgead. Tá sé ag iarraidh go ndíolfainn mo chuid talaimh leis."

Bhain an abairt preab eile as Paloma. Bhí an scéal seo ag éirí an-spéisiúil.

"Agus níl fonn ort é a dhíol?"

"Níl fonn orm é a dhíol ar chor ar bith. Ach tagann sé chugam go rialta leis an achainí* chéanna. Agus gach uair a thagann sé, bíonn cúpla punt sa bhreis i gceist."

"An gcuireann sé cathú* ort?"

"Ní chuireann i ndáiríre," a dúirt an Máistir go gruama, "ach mothaím gur chóir dom é a dhíol. Thiocfadh liom an t-airgead a chur i leataobh do mo chlann."

"Cad chuige nach ndíolann tú é mar sin?"

"Sa chéad dul síos, níl an t-airgead de dhíth orm."

"Agus sa dara cur síos?"

"Sa dara cur síos, thug mo mhuintir an talamh dom le huacht. Amharcaim orm féin mar chaomhnóir* agus ní mar úinéir*."

"An bhfuil pleananna ag de Búrca don talamh?"

---

* achainí — *request*
* cathú — *temptation*
* caomhnóir — *trustee*
* úinéir — *owner*

"Tá pleananna móra aige don talamh. Ba mhaith leis tithe móra samhraidh a thógáil thuas ansin. Díolfaidh sé na tithe le daoine saibhre ón Mhór-roinn. Tá an-dúil ag na Francaigh agus Gearmánaigh sa taobh seo tíre."

"An bhfaigheadh sé cead tithe a thógáil?"

"Gheobhadh sé cinnte. Tá cuid mhór polaiteoirí cama againn in Éirinn. Ba chuma leo cad é an dochar a dhéanfadh sé don timpeall-acht nó don chultúr dúchasach."

"Níl mórán daoine ina gcónaí thuas ansin anois, an bhfuil?"

"Níl mórán ach an méid acu atá ann is caint-eoirí Gaeilge iad. Níor mhaith liomsa bheith freagrach* as a nglórtha a mhúchadh. Agus ní buntáiste don cheantar iad cuairteoirí samhraidh. Tagann siad ar cuairteanna fánacha*, éilíonn* siad rudaí agus imíonn siad. Ní cuairteoirí samhraidh atá de dhíth orainn ach daoine a dhéanfaidh cónaí sa cheantar; daoine a thógfaidh clann anseo. Cad chuige a bhfuil an oiread sin spéise agat sa scéal seo?"

"Tharla nimhiú ar do thalamh ar maidin."

"Nimhiú?"

"Sea. Is cosúil gur thug duine éigean nimh do chaoirigh Harry Caldwell."

"Ná habair!"

"Tharla an nimhiú céanna in aice le heastát de Búrca. Nach aisteach fosta go bhfuil sé ar na

* freagrach — *responsible*
* fánach — *occasional*

* éilíonn siad — *they demand*

gaobhair* ar an lá céanna?"

"An dóigh leat go bhfuil baint aige leis?" arsa an Máistir agus iontas ina ghlór.

"Cá bhfios ach tá cuma aisteach ar an scéal, nach bhfuil? Rachaidh mé chun cainte leis," a dúirt Paloma go daingean.

"Bí cúramach. Tá cairde cumhachtacha ag de Búrca – idir pholaiteoirí agus ghardaí."

"Beidh mé an-chúramach. Tuigim an cluiche go maith faoi seo. Ach tá sé thar am ag an Uasal de Búrca ceisteanna a fhreagairt."

* ar na gaobhair — *in the vicinity*

Caibidil a Ceathair

Fiosrach

Tugann Paloma cuairt ar de Búrca. Cuireann a ceisteanna fearg air. Labhraíonn sé ar an ghuthán lena chara an Ceannfort Ó Néill

Thiomáin Paloma suas go dtí teach de Búrca. Bhí sí ar bís le ceisteanna a chur air. An raibh lámh aige sa chás seo? Bhí Paloma go láidir den bharúil go raibh. Bhí sí cinnte dearfa de go raibh. Ach an mbeadh sí ábalta é a chruthú? Sin an cheist a chuir sí uirthi féin. Bhí seantaithí* ag Paloma ar na cúrsaí seo. Thuig sí go maith go raibh an ceart ag an Mháistir – agus go raibh cairde cumhachtacha ag de Búrca. Thabharfadh na cairde sin cosaint dó. "Beidh orm bheith iontach cúramach," a dúirt sí léi féin.

Bhain Paloma eastát de Búrca amach agus plean ina ceann aici. Ní chuirfeadh sí rud ar bith ina leith go hoscailte. Ligfeadh sí uirthi féin go raibh sí soineanta agus go raibh cuidiú de dhíth uirthi. Níorbh fhiú olc a chur ar de Búrca. Dá gcuirfeadh sí olc air, chothódh sé sin trioblóid di féin. Ba mhaith léi sin a sheachaint*.

A leithéid de theach a bhí ag de Búrca. Bhain an teach a hanáil di. Ní fhaca sí teach chomh

---

* seantaithí — *long experience*
* a sheachaint — *to avoid*

mór riamh ach ar an teilifís. Bhí sé cosúil le rud éigin as Meiriceá. "Caithfidh go bhfuil daichead seomra san áit seo," a dúirt Paloma léi féin agus iontas uirthi. Bhí crainn ag fás thart faoin teach agus bhí radharc álainn amach ar na sléibhte. Níorbh é an chéad uair d'fhág áilleacht an cheantair Paloma gan urlabhra*.

Bhí Paloma imníoch nuair a bhuail sí an cloigín. "Bí cúramach, a stór," a dúirt sí léi féin. D'fhan sí tamall ach níor fhreagair aon duine an doras. Bhuail sí an cloigín arís. Mhothaigh sí imní ina croí istigh. B'fhéidir nach raibh sé anseo anois? B'fhéidir go ndeachaigh sé ar ais go Baile Átha Cliath? Sa deireadh, chuala sí trup. De Búrca a d'oscail an doras. Chuir sin iontas uirthi. Shíl sí go mbeadh giolla aige leis sin a dhéanamh.

"Cad é mar atá tú? Is mise Paloma Pettigrew, an garda áitiúil. Tá brón orm cur isteach ort ach ba mhaith liom labhairt leat," a dúirt Paloma go neamhbhalbh*.

Chonachtas do Phaloma gur bhain a cuid cainte stangadh* as de Búrca. Tháinig sé chuige féin go gasta. "Ba mhaith leat labhairt liomsa? Cinnte le Dia. Bím i gcónaí sásta cuidiú leis na gardaí. Tá cairde móra agam sa tseirbhís," a dúirt de Búrca. Labhair sé go cairdiúil ach d'aithin Paloma bagairt* ina ghlór. "Tá cairde móra agam sa tseirbhís."

---

* gan urlabhra — *speechless*
* go neamhbhalbh — *bluntly*

* bhain sé stangadh as — *it disconcerted him*
* bagairt — *threat*

"Bí cúramach," a dúirt sí léi féin arís.

"Gabh isteach agus beidh cupán tae againn. Tá sé fuar inniu, nach bhfuil? An bhfuil tú anseo i bhfad? Is fada an lá ó bhí mé féin sa cheantar. Bhí aithne agam ar an gharda a bhí anseo romhat. Réitigh muid go maith le chéile. Tá súil agam go mbeidh an dea-chaidreamh céanna againn le chéile."

Bhí de Búrca ag labhairt go gasta agus gan aird aige ar Phaloma. Ach ba léir do Phaloma go raibh sé ag iarraidh dul i bhfeidhm uirthi. "Seo, suigh síos agus gheobhaidh mé cupán tae dúinn," ar seisean.

Shíl Paloma go raibh rún aige an tae a dhéanamh é féin. Ní dhearna, áfach. Tháinig bean as ceann de na seomraí íochtair. Labhair de Búrca léi: "Tae do bheirt, le do thoil." D'imigh an bhean. Níor aithin Paloma í. Níor de bhunadh na háite í. Bhí sí cinnte de sin.

"Anois," a dúirt de Búrca, "cad é an fhadhb atá agat? Cad é mar is féidir liomsa cuidiú?"

Bhí údarás ina ghlór an iarraidh seo. Ba dhuine é a bhí cleachtaithe le horduithe a thabhairt. Ba dhuine é fosta a bhí cleachtaithe le daoine a chuid orduithe a leanstan gan cheist.

Shocraigh Paloma í féin sa chathaoir. Rinne sí moill bheag sular labhair sí. "Níl eagla ar bith orm romhat," a dúirt sí léi féin.

"Ar dtús, go raibh maith agat as labhairt

liom. Tuigim gur fear gnóthach tú. Is mór liom do chuidiú.''

''Ó, ná habair é. Mar a dúirt mé leat, is breá liom cuidiú leis na gardaí. Bhí mé ag imirt gailf an lá faoi dheireadh leis an Cheannfort Ó Néill agus dúirt mé an rud céanna leis. An bhfuil aithne agat air?''

''Níl.''

''Ó, fear breá atá ann. Cuirfidh mé in aithne le chéile sibh. Duine an-gharach* atá ann,'' a dúirt de Búrca.

Mhothaigh Paloma a misneach ag trá. Bhí de Búrca ag fáil an lámh in uachtar uirthi. Tharraing sí isteach a hanáil agus labhair go ciúin údarásach: ''Go raibh maith agat as an chuireadh. Is cruinniú é sin do lá eile gan amhras. Baineann an cruinniú seo leis an lá inniu.''

D'amharc de Búrca go fuar uirthi. Chlaon sé a cheann agus dúirt: ''Labhair leat.''

''An bhfuil aithne agat ar Harry Caldwell?''

''Fan go bhfeice mé anois. Tá aithne agam ar an oiread sin daoine. Harry Caldwell. Ní aithním an t-ainm. Cé hé féin?''

''Is feirmeoir caorach é. Tá feirm aige in aice leis an eastát seo. Tugadh nimh dá chuid caorach ar maidin.''

''Is trua liom sin a chluinstin ach cad é an bhaint atá aige sin liomsa?''

* garach — *obliging*

"Tharla an nimhiú in aice le d'eastát."

"Ar tharla an nimhiú ar m'eastát?"

"Níor tharla."

"Agus tá tú cinnte de gur nimhiú a bhí ann?"

"Tá mé measartha cinnte gur nimhiú a bhí ann. Tá mé ag fanacht le torthaí tástálacha faoi láthair."

D'éirigh de Búrca mífhoighneach. "Fan go bhfeice mé. Fuair caoirigh le Caldwell bás. Síleann tú gur thug duine éigin nimh dóibh ach níl tú cinnte. Ní ar mo thalamhsa a tharla sé. B'fhéidir gur thug Caldwell nimh dóibh d'aon turas. Ar smaoinigh tú air sin? Cad chuige ar tháinig tú anseo? An bhfuil tú ag cur i mo leith* gur mise a rinne? An gcuirfidh mé fios ar dhlíodóir?" Rinne de Búrca iarracht den ghreann ach bhí fearg fhuar ina chuid cainte.

"Níl fiacha ort* dlíodóir a lorg. Ba mhaith liom a fháil amach an bhfaca tú rud ar bith as an ghnáth ar na mallaibh? Strainséirí, mar shampla."

"Ní fhaca. Ach mar a dúirt mé leat cheana féin, is annamh a bhím thart anseo. Tugann daoine eile aire don teach agus don eastát nuair nach mbím anseo."

"An bhfuil cead agam labhairt leo?"

"Tá cinnte. Is beag cuidiú eile a thig liom a thabhairt duit," a dúirt de Búrca go giorraisc. D'éirigh sé as an chathaoir. Bhí an t-agallamh thart.

* ag cur i mo leith — *accusing me*
* níl fiacha ort sin a dhéanamh — *you are not obliged to do that*

"Tá cúpla ceist eile agam," a dúirt Paloma.

"Faraor, níl an t-am agam iad a fhreagairt. Labhair le Jack Ó Murchú. Eisean a thugann aire don eastát. B'fhéidir go dtiocfadh leis cuidiú leat."

Leis sin, shiúil de Búrca amach as an seomra. D'éirigh Paloma ina seasamh. Shiúil bean an tae isteach. "Ní bheidh seo de dhíth ort anois," a dúirt bean an tae. "Goitse liomsa. Tá Jack amuigh anseo." Lean Paloma í. Bhí sí iontach míshásta. D'imigh de Búrca gan a cuid ceisteanna uilig a fhreagairt. An raibh sé ag ceilt rud éigin?

Bhí fiche ceist ina ceann ag Paloma agus í ag caint le Jack. Ní raibh maith ar bith ann. Ní fhaca sé tada. Níor chuala sé faic. D'fhág Paloma an teach agus í an-mhíshásta. "Beidh lá eile ann agus gheobaidh mé freagraí," a dúirt sí.

Thiomáin sí ar ais i dtreo an bhaile. I ngan fhios di, bhí de Búrca ag amharc uirthi agus í ag imeacht. Nuair a chonaic sé go raibh sí imithe, thóg sé an guthán agus rinne scairt. "An Ceannfort Ó Néill, le do thoil," a dúirt sé. "Bill, a chara, cad é mar atá tú? An bhfuil tú saor le haghaidh babhta gailf Dé Sathairn. Iontach. Ó, Bill, ceist agam ort, an dtiocfadh leat gar* beag a dhéanamh dom? Tá mé ar lorg rud beag eolais faoi gharda áitiúil, Paloma Pettigrew. Ba mhór an cuidiú roinnt sonraí. Maith an fear."

* gar — *favour*

Chroch sé an guthán agus é sásta leis féin. Gheobhadh Ó Néill an t-eolas dó. Nuair a bheadh an t-eolas aige, dhéanfadh sé plean faoin gharda díograiseach seo. Ach b'fhéidir nár mhiste cuidiú a eagrú roimh ré, a smaoinigh sé.

Thóg sé an guthán arís. "Abair le Jack teacht isteach anseo," a dúirt sé. Chuala sé cnag ar an doras go gairid ina dhiaidh sin.

"Cad é a d'inis tú di?" a d'fhiafraigh de Búrca de Jack Ó Murchú go borb.

"An méid a dúirt tú liom insint di," a dúirt Ó Murchú. Bhí eagla le mothú ina ghlór. "M'fhocal le Dia. Sin uilig."

"Go maith," a dúirt de Búrca. "Cloígh* leis an scéal a chum mé agus beidh gach rud i gceart. Anois, cá bhfuil Mac Giolla?"

"Chuaigh sé ar ais go Baile Átha Cliath ar maidin," arsa Ó Murchú. Bhí faoiseamh air. Ní raibh de Búrca feargach leis. "Tá an locht airsean as an mhéid a tharla."

"Tá a fhios agam. Agus beidh air gach rud a dheisiú. Go tapa. Cuir scairt air. Abair leis filleadh."

"Ní bheidh sé sásta."

"Is cuma liomsa é bheith sásta. Abair leis fill-eadh – nó beidh daor air." Bhí bagairt i nglór de Búrca a chuir Ó Murchú ar crith.

---

* cloígh le — *stick to*

Caibidil a Cúig

Dea-chomhairle*

Tugann Paloma cuairt ar a cara Marika. Iarrann sí uirthi eolas a chuardach ar an idirlíon faoi de Búrca.

Ní raibh Paloma sásta leis an agallamh* a rinne sí le de Búrca. Thuig sí nach ndeachaigh sí i mbun an agallaimh mar ba chóir. Bhí sí róthin-trí* leis na ceisteanna; bhí sí ródháigh; bhí sí róthapa le locht a fháil air. Ba dhuine cumhachtach é. Bhí sé cleachtaithe le bheith ag déileáil le fir ghnó gach aon áit ar domhan. Ní chuirfeadh garda tuaithe eagla ar bith air, a dúirt sí léi féin. ''Is óinseach cheart tú,'' a dúirt sí léi féin.

Ach ní raibh an cluiche thart go fóill. Theastaigh tuilleadh eolais ó Phaloma – agus bhí a fhios aici cá bhfaigheadh sí é. Thug sí a haghaidh ar Pháirc an Aoibhnis, láthair champála agus charbhán. Bhí cónaí ar chara léi ann – Marika. Ba theifeach* í Marika agus ba chara mór le Paloma í. Shábháil Paloma beo* Mharika tráth. Ba dhlúthchairde iad. Bhí gean ag Paloma ar Mharika agus ar a hiníon óg, Aisling. Nuair a bhíodh cumha ar Phaloma,

---

* dea-chomhairle — *good advice*
* agallamh — *interview*
* tintrí — *hot-tempered*

* teifeach — *refugee*
* shabháil sí beo Mharika — *she saved Marika's life*

théadh sí chun cainte le Marika. Bhí a fhios aici i gcónaí go bhfaigheadh sí éisteacht mhaith.

D'oscail Marika an doras nuair a bhuail Paloma cnag air. Las a haghaidh le gliondar nuair a chonaic sí a cara roimpi. "A Phaloma, fáilte romhat, an bhfuil tú go maith?"

"Tá, Marika. Cad é mar atá tú féin agus Aisling?"

"Táimid go breá. Suigh síos agus beidh cupán tae againn. Cad é a thug an bealach seo tú?"

"Comhairle. Cad é eile?"

"Ó?" a dúirt Marika agus í fiosrach.

"Is bean mhór idirlín* tusa. Ba mhaith liom dá ndéanfá cuardach ar an idirlíon faoi Artúr de Búrca."

"Cé hé féin?"

"Is fear mór gnó é," a dúirt Paloma. "Tá mórán comhlachtaí* ollmhóra faoina stiúir aige. Tabharfaidh mé liosta de na comhlachtaí atá ar eolas agam duit. Beidh sé sin ina chuidiú agat. Ba mhaith liom go mbaileofá an oiread eolais agus is féidir leat faoina chomhlachtaí; faoi gach rud atá ar siúl aige. An bhfuil sé ag déanamh go maith? An bhfuil sé ag déanamh go holc? An bhfuil brabús* déanta aige? An bhfuil fiacha* déanta aige? Gach rud."

Rinne Marika moill bheag sular labhair sí. "Tá a fhios agat go ndéanfainn rud ar bith le

* idirlíon — *internet*
* comhlacht — *company*
* brabús — *profit*
* fiacha — *debts*

cuidiú leat. Ach ceist agam ort? An bhfuil tú cinnte gur mhaith leat aghaidh a thabhairt ar an fhear seo?"

Bhain an cheist preab as Paloma. "Níl eagla ar bith orm roimhe," a dúirt sí go dalba.

Lig Marika osna. "Ní dúirt mé go raibh eagla ort roimhe. Ní hé sin an rud a bhí i gceist agam. Ach, ar an mhéid a dúirt tú, is duine cumhachtach é. Bíonn cairde cumhachtacha ag daoine cumhachtacha. An bhfuil tú cinnte gur mhaith leat aird na ndaoine sin a tharraingt ort féin? Déanfaidh siad dochar duit – más gá."

Bhí an ceart ag Marika. D'aithin Paloma sin. Ach ba dhuine dáigh í. "Tuigim sin. Ach beidh mé cúramach. Níor mhaith liom trioblóid a tharraingt ortsa. Mura bhfuil fonn ort cuidiú liom, abair é."

"Ní dúirt mé nach raibh fonn orm cuidiú leat. Cuideoidh mé leat cinnte. Ach an té nach bhfuil láidir ní mór dó bheith glic. Níl tusa láidir; tá de Búrca. Bí glic, a chara."

Rinne Paloma gáire croíúil. "Dea-chomhairle mar is gnách. Beidh mé glic. Geallaim duit go mbeidh mé glic."

Bhí faoiseamh* ar Mharika. "Go maith. Anois, cá huair a ba mhaith leat an t-eolas? Thiocfadh liom tuairisc a ullmhú duit níos moille inniu."

"Bheadh sin thar barr. Tá teachtaireacht

* faoiseamh — *relief*

bheag le déanamh agam tráthnóna inniu. Tiocfaidh mé chugat anocht."

"Teachtaireacht bheag?" a d'fhiafraigh Marika. "Aithním an port sin. Tá rud éigin ar bun agat."

Rinne Paloma gáire croíúil arís. "Tá aithne mhaith agat orm. Ach geallaim duit. Beidh mé glic."

Caibidil a Sé

Turas sna sléibhte

Leanann Paloma na rianta sa chlábar. Tagann sí go barr sléibhe agus amharcann sí síos. Feiceann sí An Cuan.

D'fhill Paloma ar láthair an áir*. Bhí Caldwell ann go fóill. Bhí conablach* na gcaorach á gcur ar thrucail. Bhí spionn* Caldwell lán chomh holc agus a bhí sé ar maidin. "Tá súil agam go bhfaighidh tú amach cé a rinne seo," a dúirt sé go giorraisc. "Tá súil agam go bhfaighidh mé cúiteamh."

"Líon isteach na foirmeacha cuí," a dúirt Paloma agus í lán chomh giorraisc leis. Shiúil sí thart ar an láthair agus bhreathnaigh sí an talamh go mion. Bhí an ghrian in airde faoin am seo agus bhí sí breá ábalta an tírdhreach* a dhéanamh amach. Lean sí de bheith ag spaisteoireacht thart go cúramach. Bhí a súile sáite sa talamh. Bhí sí ar lorg rud éigin a thabharfadh nod* di faoinar tharla anseo.

"Faoi Dhia, cad é atá ort?" a dúirt Caldwell.

"Ní de do ghnó é," a d'fhreagair Paloma. "Tabhair aird ar do ghnó féin. Má bhíonn do chuidiú de dhíth, inseoidh mé duit."

43

---

*láthair an áir — *the field of battle*
*conablach – *remains*
*spionn — *humour*

*tírdhreach — *landscape*
*nod — *clue*

Lean sí ar aghaidh, ag siúl go réidh fádalach, ag scrúdú an talaimh. Anois agus arís, stad sí agus rinne mionscrúdú ar phaiste talaimh. Bhog sí ar aghaidh arís agus rinne an rud céanna arís agus arís agus arís eile. Mhothaigh sí súile Caldwell sáite inti. Bíodh aige. Má bhí ní éigin as riocht, d'aimseodh sí é.

Sa deireadh, giota ar shiúl ó lochán beag a mbíodh na caoirigh ag ól as, tháinig sí ar rud a bhain preab aisti – rian boinn*. Sheas sí bomaite. Ba i dtreo na sléibhte a chuaigh na rianta. Ba dhomhain sa chlábar na rianta céanna. Léirigh sé sin go mbíodh duine éigin ag taisteal an bealach seo go rialta. Aisteach. Nach ndúirt Caldwell léi nach raibh cónaí ar aon duine sna sléibhte?

"Haigh," a scairt sí le Caldwell, "goitse anonn bomaite."

Tháinig an feirmeoir caorach chuici go drogallach. "Sea? An bhfuil cuidiú de dhíth ort anois?"

Rinne Paloma neamhiontas dá ghlór searbh.

"Dúirt tú liom nach raibh cónaí ar aon duine thuas sna sléibhte."

"Dúirt agus níl cónaí ar aon duine iontu. Tá an ceantar tréigthe* le fada fada."

"Mínigh na rianta sin dom."

D'amharc Caldwell síos ar an talamh agus rinne mionscrúdú ar na rianta sa chlábar. Ba léir

---

* rian boinn — *a tyre mark*
* tréigthe — *deserted*

go raibh mearbhall* air. "Ní thuigim sin ar chor ar bith. Ní bhíonn rud ar bith thuas anseo ach mise agus na caoirigh," a dúirt sé sa deireadh.

"Ní fhaca tú duine ar bith ag dul an bealach seo riamh?"

"Ní fhaca."

"Tá tú cinnte de sin."

"Tá mé cinnte de. Ní fhaca mé duine ar bith ag dul an bealach seo riamh. Ní thuigim cé a rinne na marcanna sin. Tá sé iontach aisteach. Níl rud ar bith sa treo sin ach ... "

"Ach cad é," a dúirt Paloma agus í ar bior*.

"An Cuan."

"An Cuan?"

"Sea. Seanbhaile iascaireachta atá tuairim is deich míle siar. Ar an chósta atá sé. Ach thréig na hiascairí an áit thiar sna fichidí. Níl aon rud ann. Ba ghnách leis na hiascairí an t-iasc a thabhairt anseo. Ach stad siad den nós. Bhí an baile ró-iargúlta. Bhog go leor acu ó thuaidh go calafoirt* a bhí níos mó. Ní théann duine nó deoraí ann – fiú cuairteoirí samhraidh níl ann. Ró-iargúlta ar fad."

"Bhuel," arsa Paloma os ard, "tá an chuma ar an scéal go bhfuil duine éigin ag dul ann. Ach cad chuige? Sin í an cheist. Agus gheobhaidh mise an freagra."

Thiomáin Paloma a carr síos an cosán chomh fada agus a thiocfadh léi. Lean sí na rianta a bhí

---

* bhí mearbhall air — *he was confused*   * calafort — *port*
* ar bior — *eagerly*

sa chlábar. Ní turas compordach a bhí ann. Bhí an cosán pollta go maith agus na poill chéanna líon lán le huisce salach. I ndiaidh uair an chloig de thiomáint ar thalamh aimhréidh*, b'éigean do Phaloma an gluaisteán a stopadh. Bhí constaic* sa bhealach. D'éirigh sí as an ghluaisteán. Bhí clocha i lár an bhealaigh. Stad na rianta ag constaic na gcloch.

"Beidh orm siúl, is cosúil," a dúirt Paloma. D'oscail sí cófra a cairr. Bhí Paloma eolach go leor ar na sléibhte anois gan turas fada a dhéanamh gan an trealamh ceart. Bhí mála le héadaí fearthainne, léarscáil*, compás agus tóirse sa chófra. Thóg sí an mála amach as an chófra agus chuir ar a droim é. Bhí sí réidh chun siúil.

Dhreap sí thar na clocha gan mórán stró. Ní raibh na clocha ró-ard ag duine ach bhí siad ard go leor le cur isteach ar ghluaisteán. Léim Paloma síos ar an talamh arís. Shonraigh* sí láithreach go raibh rianta gluaisteáin agus bróg sa chlábar arís. Thuig sí láithreach cad é a bhí i gceist. Bhí dhá ghluaisteán ag tarraingt ar an áit; bhí daoine ag tuirlingt astu agus iad ag malartú earraí*. Ach cad iad na hearraí a bhí i gceist?

Tuilleadh ceisteanna ach gan aon fhreagra. Ní raibh Paloma sásta ach, ar a laghad, bhí sí ag dul sa treo cheart.

D'amharc sí suas ar an spéir. Bhí an ghrian in airde go fóill. Bhí neart ama aici leis an turas a

* aimhréidh — *uneven*
* constaic — *obstacle*
* léarscáil — *map*

* shonraigh sí — *she noticed*
* ag malartú earraí — *exchanging goods*

dhéanamh, mheas sí. Bhí an aimsir cineálta fosta. Lá breá earraigh bhí ann. Bhí an lá fuar ach níor chuir an fuacht isteach uirthi. Mhothaigh sí an t-aer fuar ar a leicne* agus bhain sí sásamh as. Mhothaigh sí a leicne ag téamh de réir mar a shiúil sí ar aghaidh.

Thaitin an spaisteoireacht sléibhe léi. Bhí an t-aer úrnua ina polláirí*. Ise an t-aon duine amháin a bhí thuas ar bharr na sléibhte. Ise an t-aon duine amháin a chonaic iontais an dúlra. Arís agus arís eile, baineadh preab áthais aisti. Chonaic sí clamhán* ag casadh timpeall sa spéir. Chuala sí an tiuf-teaf* ag canadh. B'ábhar iontais di fosta chomh beo agus a bhí an fraoch; splaiseanna datha gach aon áit a d'amharc sí.

Ach choinnigh sí súil ghéar ar an chosán roimpi. Bhí dualgas trom uirthi – dá áille an tírdhreach. Thug sí faoi deara go raibh rianta gluaisteáin go domhain sa chlábar. Ba léir go raibh duine éigin ag úsáid an chosáin go rialta. Ach cé a bhí ann agus cén fáth?

Mheas Paloma go raibh roinnt mílte le siúl aici go fóill. Ní thógfadh sé sin mórán ama de ghnáth. Ach níorbh ionann siúl cosán sléibhe agus siúl cosáin ar an bhaile. Bhí an cosán sléibhe aimhréidh agus ba ghá di bheith cúramach. Lean sí léi go dícheallach agus í ag machnamh go domhain. Bhí ceisteanna agus féidearthachtaí* ag carnadh ina ceann. Níor

47

---

* leicne — *cheeks*
* polláirí — *nostrils*
* clamhán — *buzzard*

* tiuf-teaf — *chiffchaff*
* féidireachtaí — *possibilities*

thaitin sé léi bheith ar bheagán eolais. Níor thaitin sé léi go raibh duine éigin ag cur dalla-mullóg uirthi*.

Faoi dheireadh, bhain sí barr sléibhe amach. D'amharc sí síos. An fharraige! Agus ar imeall na farraige, a ceann scríbe*. An Cuan. Baile tréigthe – nó baile nach raibh chomh tréigthe agus a shíl daoine. Lig Paloma liú áthais* agus thosaigh sí ag siúl síos i dtreo an bhaile. Bhí obair bhleachtaireachta le déanamh agus fonn uirthi í a dhéanamh.

*ag cur dallamullóg uirthi — *hood-winking her*
*ceann scríbe — *destination*

*liú áthais — *a shout of delight*

Caibidil a Seacht

Filleadh gan fonn

Faigheann Jimmy Mac Giolla ordú filleadh
ar An Bhealach Caol. Tá an bas
ag iarraidh labhairt leis.

Ní raibh Jimmy Mac Giolla sásta; ní raibh sé sásta ná sásta. Is ar éigean a bhí sé ina chodladh nuair a fuair sé scairt ghutháin ó Jack Ó Murchú. "Caithfidh tú teacht ar ais. Láithreach."

"Tá tú ag magadh," a dúirt Mac Giolla. Níor cheil sé an míshásamh ina ghlór. "Tá mé díreach i ndiaidh an diabhal áit a fhágáil. Tá mé díreach i ndiaidh m'árasán féin a bhaint amach. Tá mé díreach i ndiaidh dul a chodladh. Níl mé ag filleadh. Agus sin a bhfuil de."

"Fill in áit na mbonn nó beidh brón ort," a dúirt Ó Murchú. "Tá an bas ag iarraidh labhairt leat. Fill anois. Tá fearg mhór air."

An bas. Bhain an t-ainm féin croith as Mac Giolla. Bhí sé san fhaopach*. "Ceart go leor," a dúirt sé go drogallach, "fillfidh mé anocht."

"Fillfidh tú anois. Éirigh amach as an leaba láithreach. Muna mbíonn tú anseo go luath,

---

* san fhaopach — *in a fix*

beidh aiféala* ort,'' arsa Ó Murchú go feargach sular chroch sé an guthán.

Lig Mac Giolla mionn mór agus d'éirigh amach as an leaba de rúid. Bhí sé ar mire; bhí sé ar mire glan. Ach thuig sé nach dtiocfadh leis tada eile a dhéanamh ach filleadh. Dá gcuirfeadh sé olc ar an bhas, bhuel, níorbh fhiú smaoineamh air sin. B'fhearr gan olc a chur ar an bhas; bhí a shlí bheatha mar mhangaire* drugaí ag brath ar dhea-thoil an bhas.

Shiúil sé anonn go dtí an cófra agus rinne rogha de chulaith nua. Bhí cultacha galánta ar crochadh sa chófra. Thaitin éadaí maithe costasacha leis; leoga, thaitin earraí maithe costasacha de gach cineál leis. Ba cheann de bhuntáistí* an jab é – neart airgid.

Tharraing sé an chulaith air féin agus fuair péire bróg. Ba san Iodáil a rinneadh na bróga; iad déanta den leathar is fearr dá raibh ann. Ba chosúil le bheith ag caitheamh lámhainní iad.

Nuair a bhí sé gléasta, chuaigh sé síos go dtí an garáiste príobháideach. Bhí a ghluaisteán spóirt ann. Thar aon ní eile, bhí dúil ar leith aige sa ghluaisteán. Bhí cuimhne go fóill aige ar an lá a cheannaigh sé é. Chuaigh sé isteach go dtí díoltóir; d'amharc thart agus roghnaigh sé é taobh istigh de chúpla bomaite. Tháinig an díoltóir chuige: "An dtig liom cuidiú?"

"Ba mhaith liom an carr sin a cheannach," a dúirt sé. Shín sé méar i dtreo a rogha.

* aiféala — *regret*
* mangaire — *dealer*

* buntáiste — *advantage*

"Tá sé iontach costasach," a dúirt an díoltóir go hamhrasach.

Tharraing Mac Giolla carn mór airgid as an phóca. Thosaigh sé a chomháireamh: "Aon mhíle amháin, dhá mhíle, trí mhíle, ceithre mhíle, cúig mhíle, sé mhíle, seacht míle, ocht míle, naoi míle, deich míle, aon mhíle dhéag, dhá mhíle dhéag, trí mhíle dhéag, ceithre mhíle dhéag, cúig mhíle dhéag, sé mhíle dhéag. An leor é sin?" a dúirt sé go sotalach*.

"Is leor cinnte," a dúirt an díoltóir agus iontas air. Ba bheag nár thit sé as a sheasamh nuair a chonaic sé an t-airgead ina luí ar an tábla.

Go fóill féin, bhain Mac Giolla sásamh as an chuimhne sin agus é ag tiomáint an chairr. Ach níorbh fhada a mhair an dea-spionn. D'fhág sé a árasán ina dhiaidh agus thug aghaidh ar an tuath. Bhí fuath aige don tuath. Bhí fuath aige don tost; bhí fuath aige do na héin; bhí fuath aige don eallach*; bhí fuath aige don bholadh. Bhí fuath aige do gach rud a bhain leis an tuath.

Ach, thar aon ní, bhí fuath aige do phobal na tuaithe. Bhí siad dúrúnda*; cadránta*, dar leis. Ní thiocfadh leat muinín a chur iontu. Agus bhídís i gcónaí ag amharc ort; bhídís i gcónaí ag iarraidh fáil amach cér díobh thú; cén gnó a bhí agat. Sin an chuid is measa den scéal – bhíodh duine i gcónaí faoi raon súl faoin tuath. Níor thaitin sin leis ar chor ar bith.

Ach, d'admhaigh sé dó féin, ní raibh an tuath

---

* go sotalach — *arrogantly*
* eallach — *cattle*
* dúrúnda — *secretive*
* cadránta — *unfeeling*

gan buntáiste nó dhó. Bhí seans ann airgead a dhéanamh as – ach tú súile fiosracha a sheachaint. Agus bhí sin déanta ag an bhas go maith. Sheachain sé súile fiosracha agus rinne carn mór airgid as. Bhí an plean iontach simplí, a smaoinigh Mac Giolla leis féin, drugaí a thabhairt i dtír i seanbhaile tréigthe, iad a iompar thar cnoic thréigthe agus iad a thiomáint suas go Baile Átha Cliath taobh istigh de chúpla uair an chloig. Chomh simplí leis – ach bhí an bas eagraithe, bhí sé dea-eagraithe. Rinne sé mion-phleanáil ar gach uile ní agus bhí páirtnéir aige a bhí iontaofa*.

Ní raibh aithne aige ar an bhas. Níor chas sé air riamh. Ba é Ó Murchú a thug a chuid orduithe dó. Ach chuala sé na scéalta faoin bhas mistéireach. Bhí a fhios aige go raibh an bas míthrócaireach*. Déanta na fírinne, bhí eagla air roimhe. Bhí contúirt ag baint leis. Thuig sé go raibh cumas foréigin* sa bhas.

Ar an chúis sin a rinne sé deifir ar ais go dtí an Bealach Caol. Bhí an bas míshásta agus bhí a fhios ag Mac Giolla cén fáth. Bheadh air cúiteamh a íoc leis; bheadh air é a shuaimhniú – dá mba fhéidir é. Chuir sé luas faoin ghluaisteán. Bhí sé ag dul róghasta ach ba chuma leis. Bhí eagla air. Bhí an bas míshásta. Bheadh daor ar dhuine éigin. Agus bhí Mac Giolla ag dul bheith cinnte de nárbh eisean an duine éigin sin.

* iontaofa — *trustworthy*
* míthrócaireach — *merciless*

* bhí cumas foréigin ann — *he was capable of violence*

Caibidil a hOcht

Baile Tréigthe

Siúlann Paloma tríd an seanbhaile tréigthe. Tá seansciobol thíos ar an ché agus tá jíp istigh ann.

Faoin am ar bhain Paloma bun an tsléibhe amach, bhí sí spíonta. Shíl sí go raibh sí folláin. Leoga, níor bhréag é; bhí sí folláin. Ach bhain an sliabh an gus* aisti. Bhí díomá uirthi léi féin. Shíl sí le tamall go raibh sí in ann* ag na sléibhte agus ag an siúl. Níorbh amhlaidh é, ba chosúil.

Shuigh sí síos ar fhaiche* fiáin féir agus rinne a scíth. D'amharc sí ar a huaireadóir. Bhí neart ama aici sula mbeadh luí na gréine ann. Lig sí osna. Spíonta amach. Tuirseach traochta. Ní raibh ann ach an t-aon leigheas air sin, a smaoinigh sí, cupán tae.

Bhain sí a mála dá droim agus thóg amach flasc. Bhain sí an clár den fhlasc agus dhoirt amach cupán tae. Thug sí suntas don ghal ag éirí as an chupán. Rinne sí moill bheag sular ól sí. Bhí an leacht* te. Níor mhaith léi a teanga a dhó. Shéid sí ar an chupán. Sa deireadh, bhris ar a foighne agus d'ól sí. Níor bhac sí le siúcra a chur ann. Ach ba chuma léi. Bhí an tae thar barr.

---

* in ann ag – *able for*
* bhain sé an gus aisti — *it humbled her*
* faiche — *open space*
* leacht — *liquid*

A fhad agus a bhí sí ag ól, d'amharc sí thart uirthi féin. Bhí ballóga* tí le feiceáil gach aon áit. Mar sin féin, bhí an baile suite i gcuan álainn. Bhí an fharraige gorm faoi sholas an lae. Ní raibh an ghaoth róláidir. Thug sí suntas do cheol na n-éan thart uirthi. Go haoibhinn. Parthas* beag cois farraige. An mbeadh sé chomh hálainn céanna i ndúlúchair an gheimhridh? Ní bheadh, gan amhras, is cuma cé acu ar talamh nó ar muir tú.

Dá mbeadh gaoth láidir ag séideadh, bhainfeadh sí an craiceann de d'aghaidh. Dá mbeadh an fhearthainn ag cur go trom, bháfadh sí do cheann. Agus bheadh trua agat don iascaire bocht agus é amuigh ar an fharraige lá stoirmiúil – an doineann ag bagairt air agus a mhuintir sa bhaile ag guí ar a shon.

Mhothaigh Paloma gur in áit chráifeach a bhí sí. Chuir an mothú iontas uirthi. Cén fáth a mothaím mar seo? a d'fhiafraigh sí di féin. Níor bhean chráifeach í. Níor thug sí mórán suntais do shagart nó d'Aifreann. Níor bhain a leithéid léi, a smaoinigh sí. Ach, anseo i measc na mballóg, thuig sí an saol anróiteach* a bhí ag glúnta* roimpi. Throid na daoine seo le bheith beo. Throid na fir leis an fharraige le lasta* éisc a thabhairt i dtír. Throid na mná le neamh le go dtiocfadh a gcuid fear slán.

Agus, sa deireadh, chaill siad. Thréig na fir an fharraige. Loic an mhuir orthu sa deireadh.

* ballóga — *ruins*
* parthas — *paradise*
* anróiteach — *wretched*

* glúnta – *generations*
* lasta — *load*

Bhí an fharraige contúirteach. Chuala Paloma glór a hiar-mháistreás scoile, Bean Uí Chinnéide, ag caint léi óna hóige. *"Beidh a cuid féin ag an fharraige. Beidh a cuid féin ag an fharraige.* Paloma, an bhfuil tú ag éisteacht? Níl. Ó, tá an freagra agat. B'fhéidir go dtiocfadh leat an nath* sin a mhíniú dúinn. "Cén nath?" a deir tú. "Tá sé ráite faoi dhó agam. Nach trua nach raibh tú ag éisteacht? *Beidh a cuid féin ag an fharraige.* Cad é a chiallaíonn sé? Níl a fhios agat. Dá dtabharfá cluas le héisteacht dom, b'fhéidir go bhfaighfeá amach."

Thuig Paloma anois cad é an chiall a bhí leis. Bhí sí ina suí i measc na mballóg, tithe daoine lá den saol, daoine a thuig go rímhaith cad é a bhí ann. Mothaigh sí cráifeach arís agus, níos aistí, umhal i láthair na n-iarsmaí* staire seo. Ba dhaoine cróga iad bunadh an bhaile seo – cibé a d'éirigh dóibh sa deireadh.

Sheas Paloma go tobann. Ní raibh an t-am aici machnamh a dhéanamh ar na ceisteanna seo. Bhí obair le déanamh. Chaith sí dríodar an tae ar an talamh agus chuir a mála ar ais ar a droim. Thosaigh sí ag siúl thart go haireach* fiosrach. D'amharc sí ar an talamh faoina cosa – bhí rianta boinn sa chlábar. Bhí an chuma ar an scéal go raibh an seanchosán go dtí an Bealach Caol in úsáid go fóill. B'ábhar iontais é sin. Ní raibh an baile chomh tréigthe sin uilig.

55

* nath – *saying*
* iarsmaí staire – *relics of history*
* go haireach — *attentively*

Lean sí na rianta isteach sa sráidbhaile. Bhí an chuma ar an scéal go ndeachaigh siad a fhad leis an ché. Ar an ché féin, bhí seanscioból ina sheasamh. D'amharc Paloma isteach tríd scoilteacha* san adhmad. Jíp. Bhí jíp ann. Shiúil sí thart ar an scioból. Bhí glas ar an doras. Glas úrnua. Thóg Paloma an glas ina lámh. Bhí ola air. Chlaon sí a ceann le feiceáil an dtiocfadh léi uimhirphláta an jíp a fheiceáil. Theip uirthi. Rith sé léi an doras a bhriseadh. Ach dá ndéan-fadh sí sin, bheadh a fhios ag lucht an jíp go raibh strainséir ar an bhaile. Lena chois sin, ní raibh aon fhianaise aici go raibh rud ar bith mídhleathach* déanta. "B'fhearr bheith cúram-ach," a dúirt sí léi féin. "*Faigheann foighne fortacht**.*"

Lean sí ar a turas thart ar an bhaile. Ní raibh rud ar bith as cosán ann. Ba é an jíp faoi ghlas an t-aon rud aisteach faoin bhaile. Ba léir go mbíodh an jíp in úsáid go rialta. D'amharc Paloma amach ar an fharraige. Bhí barúil mhaith aici cad é a bhí ar siúl. Bhí daoine ag teacht isteach ón fharraige le lasta de chineál éigin. Bhí siad ag baint úsáid as an jíp chun é a iompar a fhad leis an Bhealach Caol.

Bhí dhá cheist in aigne Phaloma: cé a bhí á dhéanamh agus cad é a bhí acu?

D'amharc Paloma thart uair amháin eile; thug aghaidh ar an sliabh agus shiúil léi go

* scoilteacha — *gaps*
* mídhleathach — *illegal*

* faigheann foighne fortacht — *patience is rewarded*

diongbháilte* ar ais i dtreo a baile. Chuirfeadh sí na ceisteanna – agus gheobhadh sí freagraí orthu.

* go diongbháilte — *determinedly*

Caibidil a Naoi

Ceisteanna

Deir an fear sa tsaotharlann le Paloma gur drugaí a mharaigh na caoirigh. Tugann Marika eolas di faoi de Búrca. Scaoileann duine urchar léi.*

Tuirseach traochta. Spíonta. Scriosta. An-tuirseach go deo. Marbh leis an tuirseach. Spíonta amach. Bhí na focail sin in aigne Phaloma agus í ina luí san fholcadán*. Bhí sí i ndiaidh siúl abhaile chomh gasta agus a thiocfadh léi. Ach chuir an tsiúlóid saothar* mór uirthi – i ngan fhios di féin. Faoin am ar bhain sí an teach amach, is ar éigean a bhí tógáil a cinn aici.

Dhreap sí an staighre agus í réidh le titim. Bhain sí na bróga agus luigh siar ar an leaba. Bhí an oiread sin ceisteanna ina ceann: cé ar leis an jíp? cé a bhíodh ag tiomáint a fhad leis an bhaile tréigthe? cé a bhíodh ag teacht i dtír ann agus, an cheist is tábhachtaí, cad é a bhí á thabhairt i dtír acu?

Bhí an lá caite a bheag nó a mhór. Níorbh fhiú di mórán eile a dhéanamh a shocraigh sí. Leanfadh sí dá fiosrúchán amárach. Ach, idir an dá linn, folcadán.

59

* urchar — *a shot*   * saothar — *exertion*
* folcadán — *bath*

Thiontaigh sí na sconnaí agus d'amharc ar an uisce ag titim isteach san fholcadán. Ní teach nua-aimseartha a bhí ann. Ach bhí bua beag amháin aige thar thithe eile – bhí seanfholcadán ollmhór stáin ann. Bhí an-dúil ag Paloma ann. Thaitin fuaim an uisce léi agus an folcadán á líonadh.

Bhain sí di a cuid éadaí agus luigh isteach faoin sobal bog le pléisiúr. B'fhéidir go gcuideodh an t-uisce léi smaoineamh ar a cás – freagra a fháil ar cheisteanna a bhí ag déanamh imní di.

Níor luaithe san fholcadán í, áfach, gur thosaigh an guthán ag bualadh. "Damnú," a dúirt Paloma léi féin. Ní raibh an gléas freagartha* ar siúl. Bhí dhá rogha aici – ligean don ghuthán bualadh nó éirí amach as an fholcadán agus é a fhreagairt. D'éirigh sí. "Tá súil agam go bhfuil seo tábhachtach," a dúirt sí léi féin.

D'fhreagair sí an guthán go giorraisc. "Heileo?"

"An dtig liom labhairt leis an Gharda Pettigrew?"

Glór fir nár aithin sí.

"Is mise í."

"Heileo. Is mise Liam Mac Lochlainn. Tá mé ag cur scairt ort ón tsaotharlann. Chuir tú ábhar chugainn faoi nimhiú caorach?"

* gléas freagartha — *answering machine*

"Chuir. Cad é a fuair tú amach."

"Bhuel, bhí sé iontach spéisiúil."

"Cad é an dóigh 'spéisiúil'?"

"Bhuel, ní chreidfidh tú mé ach anlucht* druga a mharaigh na caoirigh."

"Abair sin arís, le do thoil."

"Chuala tú i gceart mé," a dúirt Mac Poilín, "anlucht druga. Tá an chuma ar an scéal gur tugadh druga dóibh."

"Cén sórt druga?" a d'fhiafraigh Paloma. Bhí a croí ar preabadh.

"Is deacair sin a dhéanamh amach. Bhí meascra acu i bhfuil na gcaorach. Déarfainn féin gur eacstais* a bhí i gceist. Faigheann tú gach cineál druga meascaithe sna piollaí beaga sin. Rinne mé na tástálacha faoi dhó. Bhí a fhios agam nach gcreidfeá mé. Is ar éigean a chreidim féin na torthaí. Ach drugaí a mharaigh iad. Faoi Dhia, níl a fhios agam cad é mar a gheobhadh siad druga den sórt seo."

"Tá a fhios agamsa," a dúirt Paloma agus gliondar uirthi. "Cuir do thuarascáil* chugam chomh tiubh géar agus a thig leat."

Bhí áthas an domhain ar Phaloma. Eacstais! Anois bhí míniú éigin aici ar cheist amháin. Druga a mharaigh na caoirigh. Fuarthas marbh iad in aice le linn bheag uisce. D'ól siad an t-uisce agus maraíodh iad. Bhí duine éigin ag teacht as An Chuan le lasta drugaí san oíche. Ní

61

raibh siad ábalta an cosán a fheiceáil go rómhaith. Thit siad san uisce b'fhéidir, nó, chaill siad na drugaí i ngan fhios.

Bhí sé chomh simplí sin. An cheist a bhí anois ann – cé a bhí ag siúl na sléibhte go hantráthach* san oíche agus cad é an bealach ab fhearr chun é a cheapadh?

Rith Paloma suas an staighre arís. Níorbh am folcadáin é seo. Bhí obair le déanamh. Thriomaigh sí í féin faoi dheifir. Chuir sí uirthi a cuid éadaí go gasta. Bhí an tuirse imithe. Mhothaigh sí beo bríomhar. Chomh luath agus a bhí sí triomaithe, thóg sí an guthán agus chuir scairt ar an stáisiún in Áth na hAbhann. D'fhreagair an Sáirsint Ó Ceallaigh an guthán. D'aithin Paloma a ghlór láithreach agus labhair go tapa: ''Paloma, anseo, éist, fuair na caoirigh sin bás d'anlucht druga.''

''Seo, seo,'' a dúirt Ó Ceallaigh go foighdeach, ''tóg go réidh é. Abair sin arís.''

''Anlucht druga, a dúirt mé. Bhí fear ón tsaotharlann i dteagmháil liom ar ball. Meascán mearaí de dhrugaí a thug a mbás. Measann seisean go mb'fhéidir gur eacstais a bhí ann.''

''Arú, níl aon chiall leis sin,'' a dúirt Ó Ceallaigh. ''Cad é an dóigh a bhfaigheadh caoirigh a gcrúba ar eacstais?''

''Tá teoiric agamsa. Éist leis seo.''

Chuaigh Paloma siar ar imeachtaí an lae.

* go hantráthach san oíche — *late at night*

D'inis sí faoin turas dó; an jíp sa scioból; a tuairimí féin. D'éist an sáirsint go ciúin staidéartha. Bhí meas aige uirthi. Bhí meas aige ar a crógacht agus bhí meas aige ar a cumas.

"Tá cuma na fírinne ar an mhéid sin, ceart go leor," a dúirt sé. "Ach caithfidh muid é a chruthú. Sin scéal eile."

"Tuigim sin. Cad é an bealach is fearr le dul ina bhun?" a d'fhiafraigh Paloma.

"Ní fiú dúinn labhairt faoi seo ar an ghuthán. Rachaidh mise suas chugat ar maidin. Beidh mé agat go luath."

"Agus cad é a dhéanfaidh mé idir an dá linn?"

"Fanfaidh tú san áit a bhfuil tú. Ná déan rud ar bith gan labhairt liomsa roimh ré. Má tá do theoiric cruinn, tá tú ag déileáil le daoine cliste. Ní mór dúinn bheith lán chomh cliste leo. *Faigheann foighid fortacht.* Beidh mé chugat ar béal maidine. Agus, a Phaloma, maith thú féin. Tá obair mhór déanta agat. Cuirimis an dlaoi mhullaigh* ar an chás le chéile agus beidh gach duine sásta."

Gheal Paloma faoin mholadh agus chuir síos an guthán. Bhí an sáirsint ag tacú léi. Go maith. Dhéanfadh sé sin cúrsaí níos fusa. Bhí sí ar tí dul suas an staighre arís nuair a bhuail an guthán arís. D'fhreagair sí go gasta é.

"Marika anseo, a Phaloma. Tá brón orm bheith ag scairteadh ort chomh mall sin ach tá an cuardach sin ar de Búrca déanta agam."

* an dlaoi mullaigh a chur air — *to put the finishing touches to it*

Bhí aiféaltas ar Phaloma. D'iarr sí cuidiú ar a cara ach rinne sí dearmad dul i dteagmháil léi.

"Tá aiféaltas an domhain orm, Marika. Rinne mé dearmad glan scairt a chur ort faoi sin. Chaith mé an lá ag déanamh fiosrúcháin de mo chuid féin. Cad é mar a d'éirigh leat?"

"Bhuel, tá cúpla rud an-spéisiúil faoin fhear sin. Bhí sé faoi scrúdú ag na Gardaí ar dhá ócáid agus tugadh os comhair binse fiosrúcháin* ar ócáid amháin é," a dúirt Marika.

"Cad é a cuireadh ina leith?"

"Tá go raibh baint aige le caimiléireacht* éigin bancála. Níor cruthaíodh aon ní, ar ndóigh, agus tugadh cead a chinn dó. Ní raibh go leor fianaise le é a chúisiú, is cosúil. Ach, de réir cuid de na tuairiscí nuachtáin, bhí cairde sa chúirt aige – nó cairde sna Gardaí, ba chóir dom a rá," arsa Marika. Bhí sí breá sásta bheith ag cuidiú lena cara dílis.

"Tá sin thar a bheith spéisiúil," arsa Paloma. Bhí sín gonta, áfach. Bhí sí bródúil as bheith ina garda. Ní thiocfadh le hoifigigh shinsearacha bheith cam, an dtiocfadh? "Aon rud eile?"

"Níl i ndáiríre. Tá an t-uafás airgid aige, scaireanna* aige i gcomhlachtaí thar sáile, san Ísiltír agus sa Spáinn, go príomha. Deirtear go bhfuil bailiúchán carr aige – 20 ar fad – agus an bád príobháideach is mó in Éirinn, Rí na dTonnta."

* binse fiosrúcháin — *tribunal*
* caimiléireacht — *crookedness*
* scaireanna — *shares*

"Bád, a dúirt tú."

"Dúirt. Tá an-spéis aige i seoltóireacht*. Rinne sé cúrsa na cruinne uair amháin. Agus is minic a bhíonn sé ag bádóireacht sa Mheánmhuir agus in áiteanna eile. An aon chabhair é sin duit?" arsa Marika go fiosrach.

"Is mór an chabhair go deo é. Buailfidh mé síos chugat amárach agus baileoidh mé an t-eolas uait."

"Déan. Beidh fáilte romhat," a dúirt Marika. Bhí gliondar uirthi go raibh sí ábalta cuidiú.

Chroch Paloma an guthán. Bhí gliondar mór uirthi; gliondar an domhain. Mhothaigh sí go raibh an cás ag forbairt go gasta anois. Bhí bád ag de Búrca; bhíodh sé ag taisteal san Ísiltír agus sa Mheánmhuir, áit a dtiocfadh leis teacht ar dhrugaí nó, ar a laghad, áit a dtiocfadh leis aithne a chur ar mhangairí drugaí.

Bhí imní uirthi, mar sin féin. Ba dhoiligh an méid sin a chruthú. Ba léir go raibh taithí aige ar chúrsaí dlí. Thug sé a cheann leis as cúrsaí níos measa ná seo roimhe. Ba dhoiligh é a thabhairt os comhair na cúirte. Agus, más fíor do na ráflaí, bhí cairde cumhachtacha aige. Ní mór bheith cúramach, a chomhairligh Paloma di féin.

Ina ainneoin sin, bhí dóchas aici. Luath nó mall, dhéanfadh sé meancóg*. Luath nó mall.

Bhí sí ar tí dul a chodladh nuair a chuala sí cnag ar an doras. Lig sí osna mhífhoighneach.

* seoltóireacht — *sailing*
* meancóg — *mistake*

Cé a bhí aici an t-am seo den oíche? Caldwell gan amhras le gearán eile. D'oscail sí an doras agus í réidh le babtha eile gearáin.

Chonaic sí splanc os a comhair. Thit sí siar agus eagla a báis uirthi. Bhí duine éigin ag scaoileadh léi. Bhain an t-urchar macalla* as tost na hoíche. D'éist Paloma. Ní raibh an dara hurchar ann. Chuala sí gluaisteán ag imeacht faoi luas mire. Cibé a bhí ann, bhí deifir imeachta air. D'éist sí bomaite eile le bheith cinnte. Shleamhnaigh sí ar a bolg agus dhruid de phrap é. Sábháilte. Go fóill beag ar aon nós.

Thóg sí guthán póca as a cóta agus chuir scairt ar ais ar an Sáirsint Ó Ceallaigh.

"Ní chreidfidh tú seo ach tá duine éigin i ndiaidh urchar a scaoileadh liom."

"An bhfuil tú gortaithe," a d'fiafraigh sé. Bhí imní ina ghlór.

"Níl," a d'fhreagair sí.

"Beidh mé chugat gan mhoill. Ná corraigh as an teach."

"Ná bíodh imní ort. Níl mise ag dul áit ar bith."

D'éirigh sí den urlár go mall réidh. Bhuel, bhí an cás seo ag éirí níos spéisiúla.

*macalla — *echo*

Caibidil a Deich

Teitheadh

Buaileann Ó Murchú agus Mac Giolla le chéile. Feiceann siad carr Phaloma ag dul thar bráid agus é lán le bagáiste. Tugann Ó Murchú ordú do Mhac Giolla dul ar ais go dtí An Cuan

Bhí Jack Ó Murchú ar mire; bhí sé ar mire glan. Bhí sé míshásta go raibh air éirí chomh luath sin ar maidin. Is ar éigean a bhí breacadh an lae* ann. Thiomáin sé leis suas an bealach. Bhí sé le bualadh le Mac Giolla, an mangaire drugaí. Chonaic sé roimhe é agus stad an carr. "Gabh isteach," a dúirt sé go fuar.

Bhí an bóthar ar a raibh siad iargúlta go leor. Bhí radharc aige ar an phríomhbhóthar isteach go dtí an Bealach Caol ach bhí siad as cosán ionas nach bhfeicfeadh aon duine iad. Ní raibh fonn air bheith i gcuideachta Mhic Giolla i lár an lae ghil. Ba ghnách leo bualadh le chéile san oíche, tráth nach bhfeicfeadh aon duine iad. Sin an t-am a rinne siad a ngnó mídhleathach – faoi scáil* an dorchadais. Ach ní raibh an dara suí sa bhuaile* aige an t-am seo. B'éigean dó labhairt le Mac Giolla agus labhairt leis go práinneach. Bhí an fiontar ar fad i mbaol. Bhí an bas míshásta.

---

* breacadh an lae — *sunrise*
* scáil — *shadow*

* ní raibh an dara suí sa bhuaile aige — *he had no alternative*

Shuigh Mac Giolla isteach sa charr agus thug Ó Murchú aghaidh a chraois air*: "An tusa a scaoil urchar leis an gharda?" a d'fhiafraigh sé go feargach de Mhac Giolla.

"Cé a dúirt sin?" a d'fhreagair Mac Giolla. Thug Ó Murchú faoi deara láithreach nár shéan sé é.

"Tusa a rinne é; tusa a rinne. Ná séan é. Ní dhéanfadh duine ar bith ach amadán a leithéid," arsa Ó Murchú.

"Ní amadán ar bith mise," arsa Mac Giolla.

"Is amadán tú. Is amadán déanta tú. Is amadán críochnúil tú. Beidh gach garda sa Stát anuas orainn anois. Níl aon chiall agat. Ní bheidh an bas sásta ná sásta. Beidh an áit seo lofa le gardaí ar ball. Fan go bhfeice tú. Beidh an áit lofa leo. Agus ortsa atá an locht."

Lig Ó Murchú a racht*. B'ábhar iontais é chomh séimh agus a bhí Mac Giolla. An raibh cúis ar leith leis sin? An raibh sé ag tógáil drugaí? Chuir an smaoineamh eagla ar Ó Murchú. Rud amháin a bhí ann drugaí a dhíol; rud eile iad a úsáid. Níor mhaith an rud é an dá rud a mheascadh.

"An bhfuil tú ag éisteacht liom?" a d'fhiafraigh sé de Mhac Giolla.

"Tá," a dúirt Mac Giolla go drogallach drochbhéasach.

"Go maith. Bhuel, éist leis seo. Chuir tú an fiontar seo i mbaol – don dara huair. Ní

* thug sé aghaidh a chraois air — *he abused him*
* lig sé a racht — *he gave vent to his anger*

bhfaighidh tú an tríú seans. An dtuigeann tú cad é atá mé á mhaíomh*?"

Thóg Mac Giolla a cheann go fadálach. Bhí eagla le feiceáil ina shúile.

"Cad é atá tú á mhaíomh?" a d'fhiafraigh sé go himpíoch. "Cad é atá tú á mhaíomh?"

"Chuala tú i gceart mé. Chuir tú an fiontar ar fad i mbaol roimhe seo. Scaoil tú urchar leis an gharda. Tiocfaidh níos mó gardaí le staidéar a dhéanamh ar an ionsaí. Má chuireann siad boladh ár gcuid oibre ... bhuel ... duitse is measa. Ní chaithfidh mise lá i bpríosún ar mhaithe leatsa – ná ní chaithfidh an bas lá ach an oiread. Is maith leis a shaol sócúil. Ní ligfidh sé do do leithéid é a chur i mbaol," arsa Ó Murchú go bagarthach.

Labhair Mac Giolla go tapa eaglach: "Abair leis nach raibh an locht ormsa as na drugaí a chailleadh an chéad uair. Thit mé isteach sa lochán. Ní raibh mé ábalta an cosán a fheiceáil. Bhí sé ródhorcha. Níl mé cleachtaithe leis an dorchadas faoin tuath. Ní raibh neart air. Taisme a bhí ann."

"Taisme an-chostasach a bhí ann. Taisme atá ag cur gach rud i mbaol."

"Ach rinne mé iarracht sin a cheartú. Rinne mé iarracht eagla a chur ar an gharda. Níl inti ach cailín beag. Fan go bhfeice tú. Ní fhanfaidh sí. Imeoidh sí go cinnte. Beidh siad ag smaoineamh gurbh é an feirmeoir a chaill na

* á mhaíomh — *asserting*

caoirigh a bhí ann. Tógfaidh siad an t-ionsaí air*. Fan go bhfeice tú. Beidh muidinne sábh-áilte. Beidh muid ábalta lasta na hoíche anocht a thabhairt i dtír gan deacracht. Beidh gach rud i gceart. Abair sin leis an bhas. Nó abair leis bual-adh liomsa agus míneoidh mé sin dó."

Lig Ó Murchú gnúsacht as féin: "Ní gá duitse bualadh leis. Fág tusa sin fúmsa. Déan tusa mar a deirim leat a dhéanamh."

Chlaon Ó Murchú a cheann i dtreo na fuinn-eoige agus lig osna iontais as féin: "Ní chreidim é. Dar fia, ní chreidim é."

D'amharc Mac Giolla amach as an fhuinneog. Lig sé liú áthais as féin. "Nach ndúirt mé leat é? Nach ndúirt mé leat go mbeadh gach rud i gceart. Amharc sin. Nach ndúirt mé leat é; nach ndúirt mé gur cailín beaguchtúil* a bhí inti. Bhí an ceart agam."

Ní dúirt Ó Murchú rud ar bith. Ba dheacair é a chreidbheáil – bhí carr Phaloma i ndiaidh dul thar bráid. Bhí a carr líon lán le bagáiste agus a rothar ar chúl an chairr. Bhí sí ag fágáil. Dar fia, bhí sí ag imeacht. Bhí an ceart ag Mac Giolla. An rud is annamh, is iontach, a dúirt sé leis féin.

Bhí Mac Giolla ag glagaireacht* go fóill. "Anois, beidh gach rud i gceart anocht. Abair thusa sin leis an bhas. Abair thusa sin leis."

Thug Ó Murchú aghaidh a chraois air agus rug greim sceadamáin* air: "Éist do bhéal, a ghligín* gan mhaith. Éist do bhéal agus tabhair

---

* tógfaidh siad an t-ionsaí air — *they will blame the attack on him*
* beaguchtúil — *timid*
* glagaireacht — *foolish talk*
* sceadamán — *throat*
* gligín — *a rattlebrained person*

cluas le héisteacht dom. Gabh ar ais go dtí An Cuan agus fan ansin. Ná corraigh amach as an áit. Ná labhair le haon duine. Beidh mise i dteagmháil leat ar ball. Anois imigh leat chun an diabhail."

Thuirling Mac Giolla as an charr. Bhí sé míshásta leis an dóigh ar labhair Ó Murchú leis. Nach raibh an ceart aige sa deireadh? Bhí Paloma ag teitheadh. Bhí sí ag fágáil. Ach bhí eagla air roimh Ó Murchú. Rinne sé mar a iarradh air a dhéanamh. Thug sé a aghaidh ar an sliabh agus shiúil leis go míshásta míshona.

Caibidil a hAon Déag

Luíochán*

*Faigheann Mac Giolla beart ó fhear i mbád.
Tosaíonn sé féin agus Ó Murchú ar an bhealach
ar ais thar an sliabh. Ach tá na gardaí
ag fanacht orthu.*

Bhí Jack Ó Murchú ina shuí sa jíp ar ché An
Chuain. An oíche a bhí ann; é antráthach. Bhí an
fuacht feanntach. Ach, dá olcas an ghaoth agus
an fuacht, bhí dídean* éigin ag Ó Murchú sa jíp.
Níorbh amhlaidh an scéal ag Jimmy Mac Giolla.
Bhí seisean ina sheasamh ar an ché amuigh;
lóchrann bheag ina lámha aige. Chaoch* sé an
lóchrann i dtreo na farraige. D'fhreagair duine
éigin amuigh ar an fharraige é le lóchrann eile.
Go maith, bhí an cluiche ar siúl.

D'fhan Mac Giolla san áit a raibh sé. Bhí sé ag
scaoileadh mionnaí móra trí chár iata*. Cad
chuige nár tháinig giolla sin na leisce, Ó
Murchú, amach as a charr te teolaí agus cuidiú
leis. Ar ndóigh, ní raibh fonn air cuidiú. Ní
raibh i Mac Giolla ach sin go díreach – giolla.
Ach, a smaoinigh sé, ní i gcónaí a bheidh an
scéal amhlaidh. Ní i gcónaí a sheasfadh sé
amuigh ag fanacht san fhuacht. Luath nó mall,

---

*luíochán – *ambush*
* dídeán — *shelter*

* chaoch sé an lóchrann — *he blinked the torch*
* trí chár iata – *through clenched teeth*

gheobhadh sé an lámh in uachtar ar Ó Murchú – agus nuair a gheobhadh bheadh deireadh leis.

"Scrios ar an bhád sin," ar seisean, "cá bhfuil siad ar chor ar bith?"

Níorbh fhada go bhfuair sé a fhreagra. Chuala sé inneall an bháid ag tarraingt air. Níorbh fhada go bhfaca sé bád beag ag tarraingt air as an dorchadas. Faoi dheireadh is faoi dheoidh. Stad an bád ag an ché. "Seo duit," a scairt fear ón bhád aníos ar Mhac Giolla, "beir leat an lasta seo."

Chrom Mac Giolla síos agus thóg sé mála as lámha fuara. Chomh luath agus a bhí an beart faighte ag Mac Giolla, thiontaigh an bád thart agus réab sé as radharc. D'fhill Mac Giolla ar an jíp go buíoch.

"Ná caill é an iarraidh seo," a dúirt Ó Murchú leis agus é ag tabhairt aghaidh ar an sliabh agus ar an Bhealach Caol.

Níor labhair ceachtar acu. Bhí Mac Giolla ag smaoineamh ar an lá a mbeadh sé féin i gceannas ar an fhiontar ar fad. Bhí sé ag smaoineamh fosta ar an bhrabús a dhéanfadh sé as an lasta seo drugaí i gclubanna oíche na cathrach. Ní raibh caill air mar shlí bheatha.

Bhí Ó Murchú ag smaoineamh fosta. Ní raibh sé sásta go raibh air an dara turas a dhéanamh chomh luath i ndiaidh an chéad chinn. B'fhearr leis féin fanacht go ceann cúpla seachtain – go dtí go mbeadh rudaí ciúin arís. Mhothaigh sé míshuaimhneach. Ní raibh tásc ná tuairisc ar an gharda Pettigrew*, rud a chuir iontas air. Is cinnte gur bhain an t-ionsaí gunna preab aisti. Bhí an baile ar fad ag caint ar an eachtra. Ach níor shíl sé go dteithfeadh sí ar an dóigh sin.

Thug sé cúpla cuairt ar an stáisiún le linn an lae le déanamh cinnte de go raibh sí ar shiúl. Bhí an doras agus na fuinneoga faoi ghlas. Bhí nóta beag ar an doras a thug uimhir ghutháin an stáisiúin ar Áth na hAbhann.

Mar sin féin, mhothaigh sé míshuaimhneach. Níor thug sé meas cladhaire* ar an gharda sin riamh. Bhí an chuma uirthi go raibh sí breá ábalta. Cad chuige nár chuir sí fios ar ghardaí eile teacht i gcabhair uirthi? Aisteach.

Agus níor chuidiú é gur thug a bhas air an turas seo a dhéanamh. Ach bhí de Búrca daingean ina thuairim. "Chaill muid lasta agus chaill muid airgead. Ní thig linn ár gcuid custaiméirí a ligean síos. An té a bhíonn amuigh, fuarann a chuid," ar seisean.

"Nach dtiocfadh linn fanacht go ceann cúpla seachtain. B'fhearr dúinn é," arsa Ó Murchú.

"Ní thiocfadh agus níorbh fhearr. Sin mar atá an gnó seo againn. Uaireanta mírialta; contúirtí neamhghnácha ach tuarastal* ollmhór. Tógaimis an lasta seo i dtír agus fágfaidh muid é go ceann tamaill."

75

Go drogallach a rinne Ó Murchú mar a iarradh air. Bhí an ceart ag de Búrca – bhí an tuarastal go maith, an-mhaith. Bhí sé ag saothrú airgid nach dtiocfadh leis a chreidbheáil. Mar sin féin, níor mhaith an rud an córas uilig a chur i mbaol. Bhí siad ag tabhairt drugaí isteach le bliain nó dhó. Bealach deas sábháilte a bhí ann; bealach deas ciúin. Ba thrua dá gcuirfeadh siad an bealach sin i mbaol.

Bhí sé go fóill ag smaoineamh ar na cúrsaí seo nuair a bhain sé an balla cloiche a rinne dhá chuid den chosán amach. Bhí jíp eile ag fanacht ar an taobh thall. Léim an bheirt acu amach agus shiúil anonn i dtreo an dara jíp. Ní raibh le déanamh anois ach tiomáint síos, na drugaí a chur i bhfolach agus bheadh obair na hoíche críochnaithe.

Den chéad uair an oíche sin, mhothaigh Ó Murchú go raibh cúrsaí ag dul i gceart. Níor luaithe an smaoineamh sin ina cheann go ndeachaigh cúrsaí ó mhaith ar fad. Lasadh soilse thart orthu agus tháinig scairteach amach as an dorchadas: "Gardaí armtha. Lámha in airde. Gardaí armtha. Lámha in airde.''

Baineadh preab astu beirt. Rinne Mac Giolla iarracht rith. Rómhall. Bhí sreang neacha* dubha thart orthu. Bhí na neacha ag scairteadh leo: "Gardaí armtha. Lámha in airde. Gardaí armtha. Lámha in airde.''

* neacha — *beings*

Tharraing na neacha isteach orthu. Mhothaigh Ó Murchú lámha ag breith air. Bhrúigh siad síos ar an talamh é. Chuala sé glór: "An aithníonn tú é?"

D'fhreagair glór mná: "Jack Ó Murchú. Oibríonn sé do de Búrca."

"Agus an dara duine?"

"Bhuel, bhuel. Jimmy Mac Giolla atá ann," ar sise.

"Cé tú féin, a chailleach*?" a scairt Mac Giolla.

Bhí freagra na ceiste ar bharr a theanga ag Ó Murchú ach níor oscail sé a bhéal.

Tháinig neach amháin as an dorchadas. "Chas muid ar a chéile fadó fadó, Jimmy. Nach cuimhin leat mé an lá sin cois Life?"

Bhí Paloma i ndiaidh díoltas a bhaint amach. Ar deireadh.

---

* cailleach — *old woman, hag*

Caibidil a Dó Dhéag

An Focal Scoir

Faigheann an giúiré Ó Murchú agus Mac Giolla ciontach. Tá cead a chinn ag de Búrca ach beidh lá eile ag Paloma

Go fóill féin, ní thiocfadh le Paloma an radharc a chreidbheáil. Bhí sí istigh i dteach tábhairne leis an Sáirsint Ó Ceallaigh agus cúpla comhghleacaí*. Bhí siad in ainm is a bheith ag ceiliúradh. Bhí an triail* ar de Búrca, Ó Murchú agus Mac Giolla i ndiaidh críochnú – agus bhí cead a chinn ag de Búrca. Fuair an giúiré neamhchiontach é.

D'amharc sí ar an mhír nuachta* ar an teilifís le teannas. Bhí an radharc céanna feicthe aici ar choiscéimeanna na cúirte. Chuala sí an ráiteas céanna focal ar fhocal os comhair na cúirte. Go fóill féin, ní thiocfadh léi é a chreidbheáil.

Labhair dlíodóir de Búrca go sollúnta leis na ceamaraí agus leis na hiriseoirí: "Déanfaidh mé ráiteas gairid thar ceann mo chliaint. Ní bheidh sé ag glacadh le ccistcanna. Is cúis ríméad do mo chliant, fear gnó measúil, go bhfuil an triail seo thart. Tá ríméad air go bhfuair an giúiré neamhchiontach é. Tá ríméad air fosta go

79

---

* comhghleacaí — *colleague*   * mír nuachta — *news item*
* triail — *-trial*

bhfuair an giúiré céanna an bheirt mhangairí drugaí, Jack Ó Murchú agus Jimmy Mac Giolla, ciontach.

"Níl aon trua ag mo chliant dóibh agus déanann sé comhghairdeas leis an Gharda Síochána as iad a thabhairt os comhair na cúirte. Ba mhaith leis a dhíomá a chur in iúl faoi iompar Jack Uí Mhurchú. Bhí an fear seo fostaithe ag mo chliant ar feadh na mblianta. Shíl sé gur dhuine ionraic macánta é. Ní raibh an ceart aige. Is trua le mo chliant gur tharraing Ó Murchú a fhostóir isteach sa scéal seo. Iarracht a bhí ann ag Ó Murchú a chraiceann féin a shábháil. Níor éirigh leis.

"Is trua le mo chliant, áfach, nach raibh an Garda Síochána chomh cúramach céanna ag bailiú eolais ina thaobhsa. Tá rún aige fiosrú ar sháraigh an Garda Síochána céanna a ndualgas nuair a ghabh siad é. Agus sin ráite, fágann mo chliant an chúirt seo inniu gan smál ar bith ar a chlú. Is bua é sin don chóras dlí agus cirt* sa Stát seo. Tá rún ag mo chliant anois filleadh ar a chuid oibre agus leanstan d'fhostaíocht* a chur ar fáil do phobal na hÉireann."

D'éirigh raic agus ceisteanna ó na hiriseoirí chomh luath agus a chríochnaigh an dlíodóir a chuid cainte. Bhí glór an dlíodóra le cluinstin os cionn an trup uilig: "Níl tuilleadh le rá againn. Níl muid ag glacadh le ceisteanna."

Thug Paloma a droim leis an teilifíseán. Bhí

80

fearg mhór uirthi. Bhí de Búrca ciontach. B'eol di go raibh. Ach níor éirigh leis na gardaí é a chruthú*. Thug sé a cheann leis – an iarraidh seo.

D'iompair sí an trádaire deochanna a fhad lena comrádaithe. Leag sí na gloiní amach ceann ar cheann os a gcomhair. Labhair Ó Ceallaigh: "Níl sé furasta glacadh leis, an bhfuil?"

"Níl. Shíl mé go raibh an bligeard faighte againn," a dúirt Paloma idir fearg agus díomá.

"Ní hé an chéad uair é gur thug coirpeach a cheann leis de bharr an chóras dlí. Is cluiche acu é. Ceannaíonn airgead an chosaint is fearr," a dúirt Ó Ceallaigh agus é ag iarraidh í a shuaimhniú*.

"Dá bhfanfaimis go dtí go raibh Ó Murchú agus Mac Giolla ar thalamh de Búrca, b'fhearr i bhfad ár gcás ina éadan," a dúirt sí.

"B'fhearr cinnte. Ach níorbh é an t-ordú a tugadh do na leaids. D'inis an Ceannfort Ó Néill dóibh iad a thógáil chomh luath géar agus a thiocfadh leo. Eagla air, mar dhea, go n-éalódh siad sa dorchadas," arsa Ó Ceallaigh.

"An gcreideann tú sin i ndáiríre? An gcreid-eann tú gurb é sin an chúis ar thug sé ordú chomh hamaideach sin dóibh?"

Chroith sé a ghuaillí. "Cá bhfios? Á, bhuel, bhí an plean a cheap tú go maith. Shíl an bheirt eile go raibh tú imithe. Ní chorródh siad* dá

81

* é a chruthú — *to prove it*
* í a shuaimhníu — *to calm her*

* ní chorródh siad — *they wouldn't move*

bhfanfá san áit. Fuair muid péire díobh. Ní holc an margadh é," a dúirt sé agus é ag iarraidh Paloma a shuaimhniú. D'ardaigh sé a ghloine. "Beidh lá eile ag an bPaorach," a dúirt sé go dúshlánach*.

"Ní hé," a dúirt sí féin, "beidh lá eile ag Paloma."

Shlog sí siar a deoch in aon iarraidh amháin. Ní raibh an focal scoir ráite go fóill.

* go dúshlánach – *defiantly*

Gluais

achainí – *request*
agallamh – *interview*
aghaidh a chraois: thug sé aghaidh a chraois
    air – *he abused him*
aiféala – *regret*
aiféaltas – *embarrassment*
aimhréidh – *uneven*
aireach – *attentive*
am an ghátair – *time of need*
anlucht – *heavy dose*
ann: in ann ag – *able for*
anróiteach – *wretched*
antráthach san oíche – *late at night*
aoibh ar a haghaidh – *smiling*

bagairt – *threat*
ballóga – *ruins*
beaguchtúil – *timid*
binse fiosrúcháin – *tribunal*
bior: ar bior – *eagerly*
brabús – *profit*
breacadh an lae – *sunrise*
buaile: ní raibh an dara suí sa bhuaile aige –
    he had no alternative
buntáiste – *advantage*

cadránta – *hard, unfeeling*
cailleach – *old woman, hag*
caimiléireacht – *crookedness*
calafort – *port*
callán – *noise*
caomhnóir – *trustee*
cár iata – *clenched teeth*
cathú – *temptation*
ceann scríbe – *destination*
chaoch sé an lóchrann – *he blinked the torch*
chlis – *started*
cladhaire – *coward*
clamhán – *buzzard*
cloígh le – *stick to*
coirpeach cogaidh – *war criminal*
coitiantacht: as an choitiantacht – *unusual*
comhghleacaí – *colleague*
comhlacht – *company*
conablach – *remains*
constaic – *obstacle*
córas dlí agus cirt – *system of justice*
corraíonn siad – *they move*
cothaigh scaoll – *stir up panic*
cruthú – *prove*
cuir i leith – *accuse*
cúiteamh – *compensation*

dáigh – *stubborn*
dallamullóg a chur uirthi – *hoodwink her*
daor: beidh daor air – *he will pay for it*

dea-chomhairle – *good advice*
déshúiligh – *binoculars*
d'fhuadaigh sé – *he kidnapped*
dídeán – *shelter*
diongbháilte – *determined*
dlaoi mullaigh a chur air –
   to put the finishing touches to it
dúrúnda – *secretive*
dúshlánach – *defiant*

eacstais – *ecstasy*
éigean: ar éigean – *scarcely*
eallach – *cattle*
éileamh – *ail*
éilíonn siad – *they demand*

faiche – *open space*
fál – *hedge*
falcún – *falcon*
fánach – *occasional*
faoi smúid – *despondent*
faoiseamh – *relief*
féidireachtaí – *possibilities*
féilire – *calendar*
fiacha: níl fiacha ort sin a dhéanamh –
   debts: you are not obliged to do that
foighne-*patience*
faigheann foighne fortacht – *patience is rewarded*
fiosrú – *investigate*
fiosrúchán – *inquiry*

foirmiúil – *formal*
folcadán – *bath*
forbraitheoir – *developer*
foréigean: bhí cumas foréigin ann –
   he was capable of violence
forrán a chur ort – *to accost you*
fostaíocht – *employment*
freagrach – *responsible*
fulaingt – *suffer*

gan urlabhra – *speechless*
gaobhair: ar na gaobhair – *in the vicinity*
gar – *favour*
garach – *obliging*
glagaireacht – *foolish talk*
gléas freagartha – *answering machine*
gligín – *a rattlebrained person*
glúnta – *generations*
go sotalach – *arrogantly*
goitse – *tar anseo*
guairdeall – *hover*
gus: bhain sé an gus aisti – *it humbled her*
gustalach – *wealthy*

iarsmaí staire – *relics of history*
idirlíon – *internet*
íogair – *sensitive*
iontaofa – *trustworthy*

lasta – *load*
láthair an áir – *the field of battle*
le mo sholas – *in my lifetime*
leacht – *liquid*
léarscáil – *map*
leicne – *cheeks*
lig sé a racht – *he gave vent to his anger*
liú áthais – *a shout of delight*
luíochán – *ambush*

macalla – *echo*
maíomh – *assert*
mairgneach – *lament*
malartú – *exchange*
mangaire – *dealer*
meancóg – *mistake*
mearbhall: bhí mearbhall air – *he was confused*
mídhleathach – *illegal*
mionn – *oath*
mír nuachta – *news item*
míthrócaireach – *merciless*
mór: ba mhór leis é – *it was important to him*
muiníneach – *confident*

nath – *saying*
neacha – *beings*
neamhbhalbh – *blunt*
nimhiú – *poison*
nod – *clue*

oighean micreathoinne – *microwave oven*

parthas – *paradise*
polláirí – *nostrils*

rabhadh – *warning*
rachmasaí – *wealthy person*
rian boinn – *a tyre mark*
rogha: rinne sé a rogha rud – *he did as he pleased*
róthógtha leis – *taken up with completely*

saineolaithe – *experts*
san fhaopach – *in a fix*
santach – *greedy*
saothar – *exertion*
scáil – *shadow*
scaireanna – *shares*
sceadamán – *throat*
seachaint – *avoid*
séanadh – *deny*
scoilteacha – *gaps*
seantaithí – *long experience*
seoltóireacht – *sailing*
shabháil sí a beo – *she saved her life*
shonraigh sí – *she noticed*
sluasaid – *shovel*
snag breac – *magpie*
soineanta – *innocent*
solas: le mo sholas – *in my lifetime*
spaisteoireacht – *walking*
spionn – *humour*
stangadh: bhain sé stangadh as –
   it disconcerted him
suaimhniú – *calm*

taiscumair – *reservoir*

tarrtháil: rinne sí tarrtháil uirthi –
    she rescued her

tásc: ní raibh tásc na tuairisc uirthi –
    there was no trace of her

tástálacha – *tests*

teifeach – *refugee*

tintrí – *hot-tempered*

tírdhreach – *landscape*

tiuf-teaf – *chiffchaff*

tógfaidh siad an t-ionsaí air –
    they will blame the attack on him

tréigthe – *deserted*

tréith – *quality, trait*

triail – *trial*

tuarascáil – *report*

tuarastal – *wages*

uacht: fuair sé le huacht é – *he inherited it*

úinéir – *owner*

urchar – *a shot*

Leabhair eile don Fhoghlaimeoir Fásta foilsithe ag Comhar

Paloma le Pól Ó Muirí   £4/7 5 bog
ISBN 095-26306-7-2

Má thaitin **Dlíthe an Nádúir** leat b'fhéidir gur mhaith leat an chéad úrscéal sa tsraith faoin bhangharda Paloma Pettigrew a léamh. San úrscéal seo ligeann Paloma don mhangaire drugaí, Mac Giolla, na cosa a thabhairt leis agus ní mó ná sásta atá an ceannfort sa Gharda léi dá bharr. Cuirtear go stáisiún in áit iarghúlta faoin tuaith í, áit a bhfuil grúpa teifeach ón Bhoisnia lonnaithe ann agus bean óg, Marika, i mbaol ó choirpeach cogaidh.

Trioblóid le Colmán Ó Drisceoil   £4/7 5 bog
ISBN 095-26306-8-0

Tá ceathrar striapach marbh. Droch-hearoin ba chúis lena mbás. Tá an garda, Carla de Londra, ag iarraidh teacht ar na mangairí drugaí a thug dóibh é. Ach tá a hiníon, Bronagh, i dtrioblóid ar scoil agus is beag am atá ag a máthair le caitheamh léi.

Trasna na dTonnta le Mícheál Ó Ruairc   £5/7 6.35 bog
ISBN 0-9539973-1-6

Faightear corp antraipeolaí álainn ó Mheiriceá i dtrál an *Majestic Queen* gar do Bhaile an Droichid, sráidbhaile iargúlta iascaireachta in iarthar na hÉireann. Ní fada go dtuigtear don Cheannfort Eddie Ó Brosnacháin agus dá chomhghleacaí, an Bleachtaire Seán Ó Tuama, go bhfuil dúnmharfóir dáinséarach amuigh ansin in áit éigin.

I ngach ceann de na húrscéalta seo insítear an scéal i nGaeilge shimplí nádúrtha agus tá míniú ar na nathanna agus focail dheacra ag bun gach leathanach.